Gulliver Taschenbuch 538

D1874988

Phyllis Reynolds Naylor wurde in Anderson im US-Staat Indiana geboren. Sie schrieb über achtzig Bücher für Kinder, von denen einige mit Preisen ausgezeichnet wurden. Heute lebt und arbeitet sie als freie Autorin in Bethseda, Maryland. Bei Gulliver erschien bereits ihr Roman *Zwanzig Schritte am Abgrund*.

Phyllis Reynolds Naylor

Jade Green
oder
Die Gespensterhand

Roman

Aus dem amerikanischen Englisch
von Klaus Weimann

BELTZ
& Gelberg

www.beltz.de
Gulliver Taschenbuch 538
Deutsche Erstausgabe
© 2002 Beltz Verlag, Weinheim, Basel, Berlin
Programm Beltz & Gelberg, Weinheim
Alle Rechte für die deutschsprachige Ausgabe vorbehalten
Copyright © 1999 by Phyllis Reynolds Naylor
Mit freundlicher Genehmigung von Atheneum Books for Young Readers,
Simon & Schuster's Children's Publishing Division
Die Originalausgabe erschien u.d.T. *Jade Green* bei
Atheneum Books for Young Readers, New York
Einbandgestaltung von Max Bartholl
Einbandbild von Dieter Wiesmüller
Gesetzt nach der neuen Rechtschreibung
Gesamtherstellung Druckhaus Beltz, 69494 Hemsbach
Printed in Germany
ISBN 3 407 78538 0
1 2 3 4 5   06 05 04 03 02

EINS

Als die Kutsche in die Stone Street einbog, hatte ich das Gefühl, dass mich das Haus beobachtete. Es hatte zwei Giebel mit je einem Fenster darin. Die Vorhänge waren ein wenig zur Seite gezogen, und so wirkten die beiden Öffnungen wie die nicht ganz geschlossenen, lauernden Augen einer Katze.

Ich war an diesem Tag mit dem Zug in Charleston angekommen und hatte nach der ermüdenden Reise aus Ohio das Bedürfnis gehabt, mich sofort etwas zu bewegen. Ich fühlte mich richtig beengt in dem langen grauen Rock und der Jacke und mit einem grau-blauen Hütchen auf dem Kopf. Auch war ich hungrig, denn ich hatte das ganze Brot und den Käse, die ich für die Reise eingepackt hatte, schon in den ersten Stunden meiner Fahrt gegessen.

Noch stärker sehnte ich mich danach, mit jemandem zu reden. Unternehmungslustig wie ich nun einmal bin, fragte ich den Kutscher, der mich am Bahnhof abholte, ob ich vorne bei ihm sitzen könne statt in der Kutsche. Es war noch eine beträchtliche Strecke zurückzulegen, bis wir die Stadt Whispers erreichen würden.

»Ein merkwürdiger Name für eine Stadt«, sagte ich zu dem Mann. Er war ein gutherziger Mensch mit einem roten Gesicht und großen Ohren. Er half mir auf den Bock hinauf, von wo man einen viel besseren Ausblick hatte als aus der Kutsche.

»Man sagt, sie wäre nach den Bäumen benannt, Miss Sparrow«, antwortete er und hievte sich mit lautem Ächzen und Stöhnen neben mich. »Es ist das Geräusch, das sie machen, wenn der Wind durch sie hindurchweht – sie sind wie alte Klatschtanten, die dauernd wispern.« Dann warf er noch einen letzten Blick auf das Wenige, das ich in dieser Welt besaß, um zu sehen, dass es sicher auf dem Gepäckrahmen des Wagens befestigt war. Ein leises »Hü!«, und das Pferd machte sich auf den zweistündigen Weg dorthin, wo ich mit Gottes Hilfe den Rest meines Lebens verbringen sollte.

Ich war höchst erfreut, als der Mann ein Zimtbrötchen aus seiner Manteltasche holte, und nahm es begierig an. »Du kommst als Aushilfe für die Köchin, nicht wahr?«, fragte er und beugte sich vor, so dass seine Ellbogen auf den Knien ruhten. Damit hoffte er wohl, die lange Fahrt länger zu überstehen.

»Ja, Sir«, antwortete ich, »und es ist gut, dass sie mich haben wollen, denn aus der Verwandtschaft wollte mich sonst niemand aufnehmen.«

»Du bist also eine Waise?«

Ich nickte. »Im September waren vier Jahre seit dem Tode meines Vaters vergangen und letzten Monat ist auch meine Mutter gestorben.« Ich erzählte ihm nicht, dass sie noch ein Mädchen tot zur Welt gebracht hatte, nachdem sie zur Witwe geworden war. Auch verschwieg ich, dass sie schließlich vor lauter Kummer über all dies in einem Irrenhaus gestorben war. »Aber jetzt«, sagte ich fröhlicher, »werde ich in South Carolina leben und Cousine und Hausmädchen zugleich sein. Erzählt mir etwas von dem Haus.«

»Ach, Miss«, sagte er. »In dem alten Gemäuer …« Er zögerte.

»Spukt es?«, fragte ich spöttisch.

Er zuckte zusammen. »Es könnte ein wenig Aufheiterung schon gebrauchen, und dein Onkel wird froh sein, dass du da bist«, sagte der Kutscher schnell.

»Das weiß ich nicht«, sagte ich. »Er war nicht sofort bereit, mich aufzunehmen, und dann auch nur, weil es sonst niemanden gab.«

Der Kutscher schenkte mir ein so gütiges Lächeln, wie ich es nie zuvor gesehen hatte. »Er wird dich nur einmal anschauen und froh sein, dass er dich hat kommen lassen«, sagte er.

»Und mein Cousin?«, fragte ich. »Es wird wunderbar sein, einen Freund in meinem Alter zu haben, mit dem ich reden kann.«

»Also, Mr. Charles ist alt genug, um dein Vater zu sein. Fast vierzig, nehme ich an«, sagte der Kutscher.

»Vierzig!«, rief ich enttäuscht. »Doch nicht so alt!«

»Doch, das ist er, Miss. Und er wohnt auch nicht bei seinem Vater. Ich glaube, er hat ein Zimmer in der Stadt gemietet. Sie sind sich nicht grün, die beiden.«

Ich sank auf den Sitz zurück, zu enttäuscht, um mehr zu sagen. Wie konnte es zugehen, dass ich fünfzehn war und Charles so alt? Sicher, da wir so weit entfernt gewohnt hatten von unseren Verwandten im Süden, war ich ihm noch nie von Angesicht begegnet – außer, als ich so klein war, dass ich mich daran nicht erinnern konnte. Aber beim längeren Nachdenken fiel mir ein, dass Onkel Geoffrey zwölf Jahre älter war als mein Vater. Und während er und seine Frau ihr Kind vielleicht früh bekommen hatten, war ich meinen Eltern spät geboren worden.

»Nun, das macht nichts«, sagte ich schließlich und aß mein Zimtbrötchen auf. »Ich werde mein Bestes tun, dass sie sich über meine Anwesenheit freuen.«

»Natürlich wirst du das«, sagte der Kutscher, und wir verbrachten den Rest der Zeit damit, über das Klima zu plaudern, das mir, wie er meinte, anders als in Ohio vorkommen würde. Vor der Küste von Carolina gäbe es sagenhafte Stürme, erzählte er. Aber Emma Hastings, die Köchin, würde mich schon für alles entschädigen, denn sie hätte ein Herz so warm wie ein Ofen und so weit wie der Mond.

»Spielst du Klavier, Miss?«, fragte er. »Sie haben einen Flügel im Salon.«

»Ein wenig«, sagte ich. Tatsächlich hatte ich nur acht Jahre Unterricht erhalten. Es war entschieden worden, dass das für ein Mädchen in meiner Stellung vollkommen genug war, wenn auch weniger, als einige der Jungen in meinem Bekanntenkreis gehabt hatten. Aber ich konnte gut genug spielen, um selbst Freude daran zu haben und um gelegentlich auch andere damit zu unterhalten.

Unter dem Sitz befand sich ein Kutschermantel, in den ich mich einwickelte, während wir weiterfuhren. Als der Zug in Charleston angekommen war, hatte ich gehofft, dass die Blumen kurz vor dem Aufblühen sein würden; aber ich war enttäuscht worden: Der Frühling hatte auch in diesem Teil des Landes noch nicht Einzug gehalten. Die Spitzen der Bäume waren zart rosa, aber das Land beiderseits der Straße nach Whispers sah noch kalt und grau aus.

Als wir in die Stone Street einbogen, befiel mich die erste unheimliche Vorahnung. Die nackten Äste der Bäume, die unseren Weg säumten, sahen wie schlanke Finger aus, die nach mir greifen wollten, um mich zu umgarnen. Und die Bäume selbst wisperten nicht, sondern schabten und kratzten an der vorbeifahrenden Kutsche.

Dann am Ende der Straße das Haus, das große braune Haus mit den zwei Augen. Kaum hatte ich es erblickt, da klammerte ich mich an den Arm des Kutschers, als wollte ich sagen: *Kehrt um! Kehrt um!*

»Ist schon in Ordnung, Miss«, sagte der Kutscher. »Es ist ein großes, finsteres Haus, aber Emma Hastings ist eine liebe Frau. Sie wird sich um dich kümmern.«

Die lange Reise von Ohio hat mich wohl mutlos gemacht, dachte ich bei mir, denn hier hatte ich endlich ein Heim, und ein Cousin von vierzig Jahren war schließlich besser als überhaupt keiner. Man hatte mir bereits gesagt, dass Onkel Geoffrey nur wenig sprach, und so erwartete ich von ihm keine Aufheiterung oder Unterhaltung, aber ich nahm mir vor, trotzdem fröhlich und gehorsam zu sein.

Gehorsam, außer in einer Kleinigkeit, und mein Herz begann zu klopfen, als ich an meine Widerspenstigkeit dachte. Der Anwalt hatte mir gesagt, für mein Leben im Hause meines Onkels gelte eine ganz bestimmte Bedingung: Ich könne mitbringen, was ich wolle, mit Ausnahme von allem, was grün sei. Das sei strikt verboten.

Was für eine merkwürdige Forderung, hatte ich gedacht. Ich besaß ein grünes Kleid und ein paar Schmuckstücke, die ich zurücklassen müsste, aber wenn mir dafür ein Dach über dem Kopf geboten wurde, stimmte ich dieser Bedingung zu.

Als ich jedoch meine Sachen für die Reise zusammengepackt hatte, wollte und *konnte* ich – ohne Rücksicht auf mein Versprechen – einen einzigen Gegenstand auf keinen Fall zurücklassen: eine Photographie meiner Mutter, ein Geschenk von ihr in einem Rahmen aus grüner Seide.

So war ich einem Manne gegenüber ungehorsam gewesen, den ich noch nie getroffen hatte, außer als ich noch ganz klein war – ungehorsam gegenüber der einzigen Person, die bereit war, mir eine Unterkunft zu gewähren. Jetzt schien mir das wirklich erschreckend. Aber ich hatte solche Sehnsucht nach meiner Mutter, dass ich das Photo und den Rahmen auf den Boden meines Koffers unter meine Sommerkleider gelegt hatte. Und da befand es sich jetzt, als wir uns dem Hause meines Onkels näherten.

Allen Wünschen meines Onkels gehorsam bis auf einen, stieg ich von der Kutsche herab und öffnete, die Augen auf das Haus gerichtet, das eiserne Tor.

Zwei

Der Kutscher zögerte, als wir zum Eingang kamen, und setzte meinen Koffer ab, als wollte er nicht weitergehen. Doch kaum hatte ich einen Fuß auf die Stufen gesetzt, öffnete sich die schwere Eichentür, und ich wurde von den rundlichen Armen der Köchin Emma Hastings umschlungen.

»Judith Sparrow, sei herzlich willkommen bei uns!«, rief sie.

Ich wollte ebenso freundlich antworten, aber sie presste meinen Kopf so heftig gegen ihren gewaltigen Busen, dass der Rand meines Hütchens ganz eingedrückt wurde. Nachdem ich mich wieder zurechtgemacht hatte, führte sie mich in die Diele, und der Kutscher brachte meine Siebensachen herein. Während er meinen Schrankkoffer auf Mrs. Hastings Anweisung hin die Treppen hinaufwuchtete und -schob, nahm ich noch einmal mein Hütchen ab und ordnete meine Kleider. Der Kutscher wollte jedoch anscheinend so schnell wie möglich verschwinden, so dass ich ihm, nachdem er wieder heruntergekommen und angemessen bezahlt worden war, für seine Gesellschaft dankte und er sich auf den Weg machte.

Nun wandte ich meine Aufmerksamkeit dem Inneren

des Hauses zu und bestaunte die hohen Decken und das Treppenhaus, das zum oberen Stockwerk führte. Die Wandtäfelung und die Wände selbst waren dunkelbraun und die schweren Samtvorhänge an den Fenstern zart rosa. Auf beiden Seiten der großen Diele hingen Gemälde von Angehörigen der Sparrow-Familie, der Linie meines Onkels. Auf der rechten befanden sich Onkel Geoffrey und seine verstorbene Frau, beide in Grau; ihr einziger Sohn, mein Vetter Charles, hing in Braun auf der linken.

In dem Augenblick hörte ich Schritte auf der Treppe. Ich blickte hoch und sah einen Mann von etwa sechzig Jahren herunterkommen, um mich zu begrüßen.

»Sie ist angekommen!«, rief Mrs. Hastings. »Und was sie mitgebracht hat, Sir, wird kaum einen Wandschrank füllen. Sie wird uns überhaupt nicht zur Last fallen.«

Onkel Geoffrey deutete ein Lächeln an. Hätte ich nicht seinen Mund so genau beobachtet, dann wäre es mir vermutlich gar nicht aufgefallen. Aber es war dem Lächeln meines verstorbenen Vaters sehr ähnlich.

»Und wie war die Reise?«, fragte er und schüttelte mir die Hand, wenn auch ohne große Begeisterung, wie ich bemerkte.

»Ich habe sie gut überstanden und bin froh, dass ich jetzt hier bin. Ich danke Euch aus tiefstem Herzen, dass Ihr mich aufnehmt«, sagte ich. »Ich habe vor, mir meinen Unterhalt zu verdienen, Onkel, und ich werde alles tun, um Mrs. Hastings zu helfen.«

»Das wird sie sicherlich«, sagte die Köchin und drückte

meinen Arm. Ich sah, dass meinem Onkel das weiße Haar langsam ausging und sein Gesicht bleich war, während Mrs. Hastings rosige Wangen hatte; auf ihrem Kopf türmte sich ein Haufen grauer Locken, neben denen sich mein langes glattes Haar recht bescheiden ausnahm.

»Wir werden in einer Stunde oder so zu Abend essen«, erklärte sie mir und ergriff meinen kleinen Handkoffer. »Ich will dir dein Zimmer zeigen und dann sehen wir dich bei Tische.«

Ich nahm eine meiner Reisetaschen und Onkel Geoffrey folgte uns mit dem Rest des Gepäcks.

Was für eine angenehme Überraschung, dass ich ein Schlafzimmer im oberen Stockwerk bei den anderen bekommen sollte. Ich hatte gedacht, ich könnte von Glück reden, wenn ich eine Kammer auf dem Speicher bekäme, aber man brachte mich zu einem Schlafzimmer am Ende des Korridors im ersten Stock. Darin standen ein Himmelbett, eine Kommode sowie ein Sekretär und ein Stuhl.

Mrs. Hastings zeigte mir den Wandschrank, in dem ich meinen großen Koffer verstauen konnte, und wies mich auf die Fenster hin, die zum Garten hinausgingen. Auf meinem Bett lag eine gelbe Steppdecke, auf meinem Stuhl ein blaues Kissen, und ich war überglücklich über alles, was ich da vorfand.

Dann ließen sie mich allein, damit ich meine Sachen auspacken konnte. Ich fragte mich bei jedem Kleidungsstück, das ich in den Wandschrank hängte, wie lange es wohl dort hängen würde und ob dies meine endgültige

Bleibe wäre, das einzige Haus, das ich mein Zuhause nennen könnte. Mit Sicherheit war es besser als das, was viele andere Mädchen hatten.

Vorsichtig öffnete ich alle Schubladen meiner Kommode und legte ordentlich meine Wäsche, die Strümpfe und Handschuhe hinein. Erst als ich am Boden meines großen Koffers angelangt war, erblickte ich das Bild meiner Mutter in seinem grün-seidenen Rahmen und erinnerte mich wieder daran, wie ich gegen die Bedingungen meines Kommens verstoßen hatte. Ich wusste nur, dass die Farbe Grün aus irgendeinem Grunde Onkel Geoffrey aus der Fassung brachte. Deshalb schwor ich mir, er solle das Bild niemals zu Gesicht bekommen. Was niemand zu sehen bekam, konnte auch niemanden aufregen, sagte ich mir. Und so ließ ich es, wo es war, auf dem Grunde meines großen Koffers also, und schob diesen tief hinein in den Wandschrank.

»Nun, Miss Sparrow«, sagte ich mir, während ich mich im Spiegel betrachtete – das lange braune Haar, die grauen Augen und einen Mund, der für mein Gesicht ein wenig zu groß war, »anscheinend hast du nun eine Familie. Und dies ist dein Zimmer, ganz in Gelb.«

Währenddessen ließ ich meine Augen über Wände und Fußboden wandern, und auch als ich mich umdrehte, war tatsächlich nirgendwo etwas Grünes zu sehen. Ich ging zur Tür und blickte auf den Korridor hinaus und dann über das Geländer auf das Erdgeschoss. Alles war braun und rosa, grau und schwarz.

Macht nichts, dachte ich. Jede Familie hat so ihre Eigenart und das ist eben unsere.

Dann zog ich mich um, und als ich für das Abendessen angemessen gekleidet war, ging ich die Treppe hinunter und in das Speisezimmer, wo Onkel Geoffrey schon wartend am Ende des Tisches saß.

»Entschuldigt, wenn ich mich verspätet habe«, sagte ich. »Ich musste die ganze Zeit mein Zimmer bewundern, Onkel.«

»Ich hoffe, es gefällt dir«, sagte er. Dann winkte er mich zu einem Stuhl zu seiner Linken und sagte: »Du kannst dich hierhin setzen, Judith. Mrs. Hastings sitzt dir gegenüber, und wenn Charles kommt, wird er am anderen Ende des Tisches Platz nehmen. Wir warten nicht auf Charles, Emma.«

»Sehr wohl, Sir«, sagte sie von der Küchentür her und begann sofort damit, die Suppe aufzutragen.

»Ich werde also meinen Cousin zu sehen bekommen?«, fragte ich freundlich.

»Er isst meistens mit uns zu Abend«, antwortete mein Onkel.

Ich war froh, dass er kommen würde und dass die Köchin mit uns zusammen essen durfte, denn ich hätte meine liebe Not gehabt, mich allein mit Onkel Geoffrey zu unterhalten.

»Wie lange lebt Ihr schon hier?«, fragte ich Mrs. Hastings, unsicher, was das Mrs. vor ihrem Namen zu bedeuten hatte.

»Seit mein Henry vor etwa siebzehn Jahren gestorben ist«, antwortete sie. »Ich war schon hier, als du als winziges Baby einmal zu Besuch gekommen bist, aber natürlich kannst du dich daran nicht erinnern.«

»Sie kennt dieses Haus ebenso gut wie ich. Genau genommen *besser* als ich«, sagte mein Onkel.

Wir aßen unsere Suppe auf und dann den pochierten Fisch, den Mrs. Hastings für uns zubereitet hatte. Gerade als ich mich zu wundern begann, dass mein Cousin noch nicht aufgetaucht war, hörte ich, wie die Haustüre geöffnet und dann wieder geschlossen wurde. Ein etwas rundlicher Mann von vierzig Jahren, eine jüngere Ausgabe seines Vaters, betrat das Zimmer und nahm, ohne sich für die Verspätung zu entschuldigen, seinen Platz bei Tische ein. Mrs. Hastings stand sofort auf, um ihm Suppe und Fisch zu bringen.

Als Vetter Charles seine Serviette unter dem Kinn befestigte, blickte er mich an und sagte: »Nun, ich sehe, unser Waisenmädchen ist angekommen, und ich wette, sie hat sich das beste Zimmer ausgesucht und den größten Teil des Fisches gegessen.«

Ich wurde rot und machte schon den Mund auf, um zu protestieren, als Charles in Gelächter ausbrach und sagte: »Ich habe nur Spaß gemacht, Judith. Ich hoffe, dein neues Zuhause gefällt dir.«

»Ja, es ist wunderschön«, sagte ich. »Mein Zimmer geht auf den Garten hinaus, und ich denke, ich kann dahinter das Meer sehen.«

»Nicht ganz«, meinte Charles und löffelte seine Suppe, »aber es ist nur eine kurze Strecke von hier bis zum Ozean, und wenn im Sommer die Fenster offen sind, kann man manchmal hören, wie die Wellen an die Felsen schlagen.«

»Oh, es wird mir gefallen, hier zu leben, da bin ich sicher«, sagte ich, erfreut darüber, dass ich mich so mühelos mit dem Ozean würde anfreunden können.

Onkel Geoffrey fragte: »Du bist aufgehalten worden, nehme ich an, Charles?«

»Ja, ich habe im Klub mit einem Mann gesprochen, der vielleicht eine Stelle als Buchhalter in seiner Firma frei hat«, antwortete Charles.

»Das könnte eine passende Arbeit für dich sein«, sagte sein Vater.

»Passend vielleicht, aber langweilig. Trotzdem werde ich darüber nachdenken«, erwiderte Charles.

»Ein Spatz in der Hand …«, meinte Mrs. Hastings.

»Oh, Emma, du wärst entzückt, wenn ich nur irgendeine Arbeit annehmen würde, damit ich nicht so oft hierher komme«, sagte Charles liebenswürdig.

»Ich denke nur, Ihr müsstet Eure gegenwärtige Arbeitslosigkeit noch langweiliger finden, Sir«, sagte sie. Und dann, als sie wahrscheinlich dachte, sie hätte genug gesagt, erhob sie sich, um den Kalbsbraten aufzutragen, und ich fand mich allein zwischen Vater und Sohn in dem Bewusstsein, dass keiner von beiden mich besonders gern hatte aufnehmen wollen.

»Wenn Ihr mich, Onkel, über meine Pflichten hier informieren wolltet, würde ich gerne so bald wie möglich damit beginnen«, sagte ich und blickte Onkel Geoffrey dabei direkt an. Die Haut hing ihm an Kiefer und Kinn in schlaffen Falten herab, während Charles ein Doppelkinn hatte. Sein Gesicht wurde von einem hellroten Bart eingerahmt.

»Das überlasse ich Mrs. Hastings«, sagte Onkel Geoffrey. »Sie wird eine Menge für dich zu tun finden, und was du in deiner Freizeit machst, ist deine Angelegenheit. Ich habe meine Pflichten, Charles hat seine, erwarte also bitte nicht, dass wir dir die Zeit vertreiben. Wir haben allerdings nicht die Absicht, aus dir einen Dienstboten zu machen, und du kannst kommen und gehen, wie du willst, solange Mrs. Hastings damit einverstanden ist.«

Ich konnte kaum glauben, dass man mich so gut behandeln würde, und bedankte mich bei ihm nicht nur einmal, sondern mehrmals.

Nach dem Kalbsbraten gab es Käse und Wein, aber obwohl ich nie zuvor eine bessere Mahlzeit zu mir genommen hatte, schien irgendetwas zu fehlen. Ich kam jedoch nicht dahinter, was es war. Erst als die Nusstörtchen serviert wurden, die fast in Schlagsahne ertranken, wurde mir bewusst, dass sich nichts Grünes auf der Tafel befand: weder Bohnen noch Erbsen noch Spinat. Sogar im Winter hatte meine Mutter es immer fertig gebracht, grüne Bohnen auf den Tisch zu bringen, die sie im Sommer eingemacht hatte. Nun, sagte ich mir, die Bewohner dieses

Hauses sehen gesund genug aus, und ich beschloss, mir darüber keine weiteren Gedanken zu machen.

Danach blieb ich bei Mrs. Hastings in der Küche, bis jede Gabel und jeder Teller abgewaschen und weggeräumt war. Dann sagte ich ihr gute Nacht und ging, da ich schon lange erschöpft war, nach oben auf mein Zimmer und setzte mich, froh, endlich allein zu sein. Ich hatte kaum noch die Kraft, mein Kleid und die Unterröcke abzulegen. Schließlich zog ich mir das Kleid über den Kopf, schlüpfte aus den Strümpfen, blies die Kerze aus und machte es mir unter der Bettdecke gemütlich.

So schnell schlief ich ein, dass ich es zunächst kaum hörte – ein leises Kratzgeräusch, das aus dem Wandschrank kam. Ich öffnete die Augen ein wenig, dann fielen sie mir wieder zu.

Das Geräusch kam wieder. Dieses Mal stützte ich mich auf einen Ellenbogen und horchte. Es war halb Schubbern, halb Nagen oder Kratzen, als ob etwas in der Wand oder hinter dem Bodenbrett eingesperrt wäre – ein leises, zartes Geräusch, das aber nicht dringlich genug klang, um mich zum Handeln zu bewegen.

»Wir haben also Mäuse«, sagte ich laut und überließ mich dem Schlaf.

Drei

Als ich am nächsten Morgen aufwachte, wusste ich kaum, wo ich mich befand. Aber dann sah ich, wie die Sonne voll auf das Fenster schien und ganz weiß durch die gelben Vorhänge strahlte, und ich sprang aus dem Bett, wusch mich und zog mich an. Ich fürchtete schon, mein Onkel könnte mich für das faulste Geschöpf auf Erden halten.

Während ich mein Haar bürstete, schaute ich zufällig zum Fenster hinaus und erblickte Mrs. Hastings, die sich unten im Garten zu einigen Pflanzen hinunterbeugte, die gerade aus der Erde zu sprießen begannen. Eilig polterte ich die Treppe hinunter und zur Hintertür hinaus.

»Es tut mir Leid, dass ich so lange geschlafen habe«, entschuldigte ich mich. »Gibt es etwas zu tun, wobei ich helfen kann?«

Mrs. Hastings strich ihre grauen Locken zurück und drehte sich lächelnd zu mir um. »Schau her«, sagte sie. »Meine Erbsen sind schon aufgegangen.«

»Aber … aber sie sind grün!«, sprach ich aus, was nur zu offensichtlich war. »Ich habe gedacht …«

»Oh, ich koche sie draußen und wir essen sie im Garten«, erklärte die Köchin und zeigte auf einen gusseisernen Tisch und Stühle unter der Buche. »Im Sommer nehmen wir hier unseren Salat ein.« Dann wechselte sie das Thema, nahm mich beim Arm und führte mich ins Haus zurück, wo sie mir ein herrliches Frühstück bereitete.

»Welche Aufgaben habe ich hier?«, fragte ich, während ich mehr Sahne in den Tee nahm. »Onkel hat gesagt, ich soll Euch fragen.«

»Hauptsächlich einer alten Frau Gesellschaft zu leisten«, antwortete sie. »Wir haben ja einen Gärtner, der ab und zu aushilft, aber du kannst Unkraut jäten, wenn du willst. In der Küche helfen, wenn Not am Mann ist. Die Zimmer sauber machen. Eigentlich gibt es nicht allzu viel für dich zu tun, meine Liebe. Aber wenn du willst, Helenes Hutgeschäft könnte eine Hilfe für die Borten und Bänder gebrauchen, und ich kann dich gerne empfehlen.«

Ich konnte meine Freude kaum verbergen, denn die Vorstellung, eigenes Geld zu verdienen, gefiel mir sehr. »O ja«, sagte ich.

»Wir wollen, dass du hier glücklich bist, mein Kind«, fuhr Mrs. Hastings fort. »Wenn dir irgendetwas Kummer macht, dann musst du es mir sagen.« Der letzte Satz klang so ernst, dass ich mich fragte, was sie damit wohl meinte.

»Was sollte mir schon Kummer machen?«, fragte ich. »Ihr seid alle so freundlich zu mir.«

Mrs. Hastings fummelte am Herd herum. »Nur ... einfach alles, überhaupt. Dinge, die du vielleicht hörst ... oder bemerkst ...«

»Nun«, sagte ich. »Da ist etwas ...«

Sie drehte sich zu mir um und schaute mich an. »Was denn?«, fragte sie und ihre Stimme klang beunruhigt.

»Ich glaube, es gibt Mäuse in meinem Wandschrank«, erklärte ich ihr.

Darauf warf sie den Kopf nach hinten und brach in Gelächter aus. Sie wirkte sehr erleichtert. »Ist das alles? Ich gebe dir eine Falle und im Nu sind wir diese Mäuse los. Ich werde nicht erlauben, dass die Plagegeister an deinen Pantoffeln knabbern. Wenigstens können wir sie auf die Küche beschränken, wo sie hingehören.« Daraufhin lachte sie wieder ganz herzhaft und ich schloss mich ihr an.

An diesem Nachmittag steckte ich bis zum Ellenbogen im Mehl, denn Mrs. Hastings brachte mir bei, wie man Hühnerpastete macht. Wir hatten Kartoffeln und Zwiebeln aus dem Gemüsekeller unter der Küche hochgebracht. Und nun machten wir die Teigdecke.

»Nicht zu fest, Mädchen«, erklärte sie mir. »Nur das Backfett und das Mehl müssen gut verknetet werden. So.«

Ich hatte mir gerade mit einem Arm die Nase gerieben, als plötzlich jemand an der Hintertür klopfte, und ein großer Junge mit blondem Haar, wie ich es noch nie gesehen hatte, kam hereinspaziert. Er hatte einen breiten Rücken und trug auf der Schulter einen Sack Mehl.

»Hallo, Zeke«, sagte Mrs. Hastings. »Stell ihn ab, junger Mann, nur nicht auf die Pastetendecke des Mädchens.«

Zu spät. Zeke bückte sich neben mir und, in der Eile, den schweren Sack von der Schulter und auf die Tischkante zu bekommen, schätzte er die Entfernung falsch ein, und schon rollte der Sack rüber auf mein Teigbrett.

»Also, das ist mir aber ein Tollpatsch!«, rief Mrs. Hastings. Dabei kicherte sie jedoch, und als Zeke mich mit all dem Mehl auf meinem Gesicht anschaute, lachte auch er, und bald lachten wir alle zusammen.

»Zeke Carey ist der Sohn des Müllers und bringt uns auch alles ins Haus«, erklärte die Köchin. »Wenn du etwas brauchst, kann er es dir besorgen.«

»Und du musst Judith sein von ganz weit her im kalten Norden«, sagte Zeke gut gelaunt.

»Nun, Ohio liegt nicht gerade am Polarkreis«, sagte ich, damit er sah, dass ich mich wenigstens in der Geographie auskannte. »Aber ich bin froh, dass ich hier bin.«

»Und *wir* sind auch sehr froh, dich hier zu haben«, sagte er. Von der Art, wie er *wir* sagte, wurde ich rot, aber Mrs. Hastings schmunzelte, und ich glaubte fast, sie hatte ihn dazu angestiftet.

Er grinste mich an, während er an ihr vorbeilangte, um sich ein Brötchen zu angeln, das vom Frühstück übrig geblieben war. »Und was tust du so, wenn du dich nicht gerade mit Mehl voll staubst?«, fragte er mich.

»Ich bin erst gestern angekommen«, sagte ich.

»Sie wird schon genug zu tun haben. Bring sie nicht noch auf Ideen«, warnte ihn Mrs. Hastings.

Zeke aber blickte mir direkt in die Augen. »Wenn es warm wird, gehst du mit mir zum Strand«, sagte er. »Das wird dir gefallen – unser Ozean.«

Er fragte mich nicht, er stellte es einfach fest. Und an der Art, wie Mrs. Hastings ihn mit der Schürze aus der Küche scheuchen musste, als wäre er eine aufdringliche Gans, konnte ich erkennen, dass er ein junger Mann war, der sich nicht scheute zu sagen, was er dachte.

Am späten Nachmittag wischte ich Staub. Ich war froh über diese Tätigkeit, weil sie mir einen Vorwand gab, mir jeden Raum anzuschauen. Da waren das Speisezimmer mit seinem langen Tisch, der Anrichte und den Stühlen, in deren Rückenlehne jeweils eine Eichel geschnitzt war; der Salon mit den bunten Glasscheiben im Oberlicht über jedem Fenster, dem riesigen Kamin, den samtbezogenen Stühlen und dem rosa Sofa sowie dem Flügel, der schwarz war und wie Kohle glänzte. Es machte mir großen Spaß, jede Taste abzuwischen und leise anzuschlagen. Ich wusste, dass ich bald auf dem Instrument spielen würde, wenn ich es auch nur unvollkommen beherrschte. Dann gab es das Arbeitszimmer von Onkel Geoffrey voller Bücher und Papiere und schließlich den Wintergarten mit den Korbmöbeln.

Als ich mit dem Erdgeschoss fertig war, ging ich in den ersten Stock, wo sich fünf Schlafzimmer und die Toilette befanden. Mrs. Hastings und ich hatten die beiden Räume nach hinten, während Onkel Geoffrey einen der äußeren bewohnte, die nach vorn hinausgingen. Der andere gehörte Charles und blieb ihm vorbehalten, obwohl er in der Stadt wohnte. Das fünfte Schlafzimmer war das kleinste und befand sich unmittelbar am Treppenaufgang. Anscheinend wurde es als Abstellraum benutzt. Es enthielt Angelruten und alte Lampen und auf dem unbenutzten Bett einen Haufen Steppdecken und Hutschachteln.

In allen Schlafzimmern außer diesem und dem von Charles machte ich die Betten, schüttelte die Kissen auf und wischte Staub von den Kommoden. Was aber das ungenutzte Schlafzimmer anbetraf, so hatte mich die Neugier gepackt. Ich wollte wissen, wohin die Tür führte, die sich dort außer der Schranktür noch befand. Als ich sie öffnete, sah ich eine schmale Treppe nach oben.

»Ich würde da nicht hinaufgehen«, sagte plötzlich eine Stimme hinter mir.

Ich wirbelte herum und sah Vetter Charles, der mich vom Korridor aus beobachtet hatte. Das überraschte mich, denn ich hatte nicht gewusst, dass er zu Hause war.

»Der Speicher ist voller Spinnweben und Staub – du würdest nur dein Kleid dreckig machen.« Dann lächelte er und seine Augen wanderten meine Kleidung hinauf und hinab.

»Ich … ich hatte nicht vor hinaufzugehen«, sagte ich. »Ich wollte nur nachsehen, ob da etwas ist, was ich abstauben müsste.«

»Sicher nicht da oben«, sagte er und ging in die Küche hinunter.

In den nächsten Tagen merkte ich, dass man nie wusste, wann Vetter Charles in der Nähe war und wann nicht. Es konnte passieren, dass ich sah, wie er schnell den Gartenweg entlang und zum eisernen Tor hinausschritt, den Hut auf dem Kopf und einen Stock in der Hand, als ob er sich zu einer wichtigen Verabredung aufmachte; eine Stunde später konnte er dann auf dem Divan im Wintergarten liegen und die Zeitung lesen. Oder er sagte, er wolle eine Kutsche in die Stadt nehmen, und doch würde ich kurz darauf seine Schritte auf der Treppe hören. Mrs. Hastings erklärte, er wäre ganz anders als Onkel Geoffrey, der sich jeden Morgen außer am Sonntag zur gleichen Zeit zur Arbeit aufmachte und jeden Abend zur gleichen Zeit zum Essen nach Hause kam. Für jemanden, der hier gar nicht wohnte, war Charles allerdings auffallend häufig anwesend.

»Was macht Charles eigentlich?«, fragte ich Mrs. Hastings eines Nachmittags, als ich ihr dabei half, Zwiebeln für einen Eintopf zu schälen. »Arbeitet er?«

»Bei Charles kann man nie so sicher sein«, antwortete Mrs. Hastings. »Ab und zu nimmt er eine Beschäftigung an. Wo, weiß ich nicht.«

Ein paar Tage danach gab sie mir eine Mausefalle und etwas Käse.

»Stell die in deinem Wandschrank auf, Judith, und in ein paar Nächten, denke ich, hast du die Mäuse gefangen, die dich plagen.«

Ich dankte ihr und am Abend, bevor ich meine Kerze ausblies, steckte ich den Käse in die Falle und legte sie auf den Boden meines Schrankes. In dieser Nacht und in der folgenden hörte ich nichts mehr, aber in der dritten kam das gleiche Kratzgeräusch wie davor, nur lauter und dringlicher als in meiner ersten Nacht, ein entschlossenes Scharren, als ob ein kleines Tier unbedingt durch die Wand meines Schrankes durchkommen wollte, egal ob mir das recht war oder nicht.

Ich setzte mich auf, ließ die Beine über den Bettrand gleiten und zündete meine Kerze an. Es gab ein leises *Klapp* aus dem Wandschrank und das Kratzen hörte auf. Ich schlich mich zur Schranktür und öffnete sie langsam. Sie quietschte, offenbar brauchte sie eine gute Portion Öl.

Ganz langsam schob ich meine Kleider auf eine Seite, um zur Rückwand dieses kleinen Raumes blicken zu können. Vor mir hielt ich die Kerze. Da war die Mausefalle, sie war noch gespannt und der Käse unberührt. Nichts war angenagt, nicht aufgefressen. Plötzlich kam mir die Luft kälter vor und ich bekam eine Gänsehaut. Ich legte einen Arm um mich, während ich in den Schrank starrte. Was mir plötzlich auffiel, war mein großer Koffer. Ich machte einen Schritt vorwärts und hielt die Kerze dichter ran. Den Deckel hatte ich geschlossen, als ich den Koffer wegstellte, da war ich mir sicher; nun aber war er ein paar Zentimeter angehoben und lag etwas schief auf dem Rahmen.

VIER

Ich kniete auf dem Schrankboden und die Kerze warf ein gespenstisches Licht in das Dunkel. Ich spürte ein großes Unbehagen und mir wurde noch kälter. Es sah so aus, als hätte jemand meine Sachen durchsucht und den Kofferdeckel sorglos offen gelassen.

Was wäre, wenn mein Onkel das Bild meiner Mutter in seinem grünen Seidenrahmen gefunden hätte? Würde ich dann wegen meines Ungehorsams auf die Straße gesetzt werden mit niemandem in dieser Welt, der mich beschützen könnte?

Mit zitternden Händen setzte ich die Kerze auf den Boden und kroch auf den Koffer hinten im Wandschrank zu.

Wack!

Mit einem Schrei warf ich mich herum, als mich etwas am Fuß packte. Doch dann atmete ich erleichtert auf: Ich hatte dummerweise die Mausefalle ausgelöst und meinen Zeh darin gefangen. Stöhnend vor Schmerz, befreite ich meinen Zeh und wandte mich wieder dem Kofferdeckel zu.

Vorsichtig hob ich ihn an. Ich hatte sogar Angst davor, hineinzuschauen. Aber das gerahmte Bild lag noch genau dort, wo ich es hingelegt hatte, unter meinen Sommerkleidern. Nichts war passiert, außer dass der Koffer ein wenig geöffnet worden war.

Nun, dachte ich, entweder habe ich den Koffer doch offen gelassen, als ich ihn weggestellt habe, oder Mrs. Hastings ist gekommen, um nachzusehen, ob ich mich gut eingerichtet habe, und hat ihn kurz überprüft. Beim Frühstück am nächsten Morgen würde sie es bestimmt erwähnen.

Und so stellte ich, immer noch besorgt wegen meiner Zukunft in meinem neuen Haushalt, die Mausefalle wieder auf, blies die Kerze aus und kroch erneut unter die Decken. Ich war froh, dass mein Aufschrei niemanden geweckt hatte.

Allerdings dauerte es eine Weile, bis ich wieder einschlafen konnte.

Als ich meine Augen schließlich öffnete, war der Morgen gekommen und Regentropfen schlugen ans Fenster. Ich stand auf, zog mein zweitbestes Kleid und meine schwarzen Strümpfe an und legte meinen wollenen Umhang um, denn an diesem Tag sollte mich Mrs. Hastings zu Helenes Hutgeschäft begleiten, wo man mich wegen einer Anstellung sprechen wollte. Ich war ein wenig aufgeregt, als ich die Küche betrat, aber die Köchin war gut gelaunt wie immer.

»Was für ein hübsches Gewand!«, rief sie, als sie mein rot-weißes Kleid mit dem schwarzen Band am Kragen und am Saum betrachtete. »Du wirst Eindruck machen auf Helene, mein Kind. Hier. Ich habe ein paar Brötchen für dich aufgewärmt.«

Da ich selten zur gleichen Zeit aufstand wie mein Onkel, frühstückte ich gern bei Mrs. Hastings in der Küche.

»Glück gehabt mit den Mäusen?«, fragte sie.

»Noch nicht«, antwortete ich wahrheitsgemäß.

»Nun, anfangs sind sie vorsichtig, aber eines Tages wird sich eine in diese Falle wagen, warte nur ab«, sagte sie.

In dem Moment hörten wir, wie Vetter Charles das Haus betrat. Er kam durch in die Küche und schien überrascht, mich so schön gekleidet zu sehen. Zustimmend betrachtete er mein Gewand. »Die Damen wollen anscheinend ausgehen«, sagte er, als er bemerkte, dass Mrs. Hastings keine Schürze trug. Er nahm eine Tasse vom Bord, damit sie ihm Kaffee einschenkte.

»Wir gehen zu Helenes Hutgeschäft, wo ich wegen einer Anstellung vorspreche!«, erklärte ich ihm aufgeregt.

Ich hatte erwartet, dass er es begrüßen würde, wenn ich für mein eigenes Einkommen sorgen könnte, aber am Ausdruck seines Mundes erkannte ich, dass ihm diese Nachricht nicht besonders gefiel.

»Helenes Tratschgeschäft würde ich es nennen«, sagte er. »Du wirst da mehr Geschichten zu hören bekommen, als in einer ganzen Fabelsammlung zu finden sind.«

»Unsere Judith ist ein kluger Kopf. Ich denke, sie wird Wahrheit und Tratsch zu unterscheiden wissen«, sagte Mrs. Hastings. »Es wird ihr gut tun, aus dem Hause zu kommen und Freundschaften zu schließen. Und wenn Ihr jetzt bitte Euren Kaffee in den Salon nehmen und mir aus dem Wege gehen würdet, Charles. Ich will diesen Brotteig noch ansetzen, bevor wir aufbrechen.«

Charles verließ murrend die Küche, und Mrs. Hastings schüttelte den Kopf, während sie arbeitete. »Manchmal muss man offen seine Meinung äußern«, sagte sie. »Außerdem zahlt nicht er meinen Lohn, sondern Mr. Sparrow. Jetzt! Hol dir dein Hütchen, Liebes, und wir gehen los.«

Als wir aufbrachen, hatte der Regen vom Vormittag aufgehört, und, obwohl wir auf Pfützen achten mussten, machte es mir großes Vergnügen, die halbe Meile zu Helenes Hutgeschäft zu laufen. Die wispernden Bäume am Rande der Straßen nahmen jetzt einen feinen grünen Hauch an und es entfalteten sich die allerzartesten Blätter. Ich war froh, dass Mrs. Hastings meinen Koffer nicht erwähnt hatte, und kam allmählich zu der Überzeugung, ich selbst hätte den Deckel des Koffers nicht geschlossen, wie ich es angenommen hatte.

Das Hutgeschäft befand sich in einem kleinen Winkel in einer Reihe von Geschäften in der King Street. Es hatte eine rosa Tür, rosa Fensterläden und ein kleines Glöckchen, das läutete, sobald jemand eintrat. Helene Harper war eine große, schlanke Frau, deren rötlich braunes Haar vermutlich gefärbt war, denn ihr Gesicht sah ziemlich faltig aus. Aber ich nahm ihr diese Täuschung nicht übel, denn sie war ganz reizend und so elegant gekleidet, dass ich richtig aufgeregt war bei dem Gedanken, ich könnte bei einer Dame mit so viel modischem Geschmack angestellt sein.

»Dies ist unsere Judith«, sagte Mrs. Hastings stolz.

»Guten Tag«, sagte Helene und ihr Lächeln war so vornehm wie ihre Kleidung. Wir sprachen kurz darüber, was mich nach Whispers gebracht hatte, und ich merkte, dass sie die ganze Zeit, während ich ihre Fragen beantwortete, auf meine Art zu sprechen achtete und auf meine Haltung beim Sitzen und auf meine Fingernägel, die ich erst diesen Morgen geschrubbt und geschnitten hatte.

Als ich schließlich all ihre Fragen beantwortet hatte, sagte sie zu Mrs. Hastings: »Ich denke, sie wird sich hier sehr gut machen, Emma. Wir lassen sie heute einen Eindruck von der Arbeit bekommen, und wenn sie Gefallen daran findet, dann kann sie nächste Woche bei vollem Lohn anfangen.«

Wie froh war ich da! Mrs. Hastings umarmte mich und ging nach Hause, und ich wurde dem anderen Mädchen in dem Geschäft vorgestellt, einer jungen Frau namens Violet Morrison, die zwei Jahre älter war als ich.

»Wenn eine Dame wegen eines neuen Hutes kommt«, erklärte Helene, »helfe ich ihr dabei, ein Modell zu finden, das zu ihrem Gesicht passt, und wir entscheiden, wie der Hut geputzt werden soll. Dann wird Violet hier das Ganze zusammensetzen. Deine Aufgabe, Judith, besteht darin, dafür zu sorgen, dass im Schrank immer ein Vorrat von Spitzen und Bändern ist. Außerdem sollst du die Mengen abschneiden, die wir für jeden Hut brauchen, indem du das genau abmisst. Violet wird dir die Kunst des Hutmachens beibringen, so dass du dich, wenn du gut aufpasst, irgendwann selbst zur Hutmacherin hocharbeiten kannst – mit einer Lohnerhöhung dazu. Aber jetzt«, fuhr sie fort, »sollten du und Violet sich erst einmal kennen lernen, und sie kann dir zeigen, wie wir zuschneiden und abmessen.«

Das Glöckchen an der Tür klingelte, und sie ging hinüber, um eine große Frau in einem lavendelfarbenen Mantel zu begrüßen. Ich ging mit Violet ins Hinterzimmer. Sie hatte viel dunkleres Haar als ich, große braune Augen und eine Figur, die eher ein wenig pummelig war.

»Ich bin *so* froh, dass du gekommen bist!«, sagte sie. »Ich habe Helene immer wieder gebeten, dich unbesehen einzustellen, denn es wird mir wahrhaftig langweilig, wenn ich den ganzen Tag vollkommen alleine hier hinten vor mich hin stichele, besonders wenn Helene sich um Kunden kümmert. Bist du sicher, dass dein Onkel dir erlauben wird zu arbeiten?«

»O ja«, antwortete ich. »Es steht mir frei zu kommen und zu gehen, wann ich will, hat er gesagt.«

»Jaja, das hat er auch dem anderen Mädchen gesagt, und was ist ihr passiert!«, sagte Violet geheimnisvoll. Sie zog einen Hocker vor und stellte sich darauf, um mir die Ballen Schleier und die Bandrollen auf dem Regal über dem Zuschneidetisch zu zeigen.

Ich nahm mein Hütchen ab und legte es auf einen Stuhl. »Welches andere Mädchen?«, fragte ich.

»Das Mädchen, das vor dir da gewohnt hat. Jade Green. Haben sie dir nichts von ihr erzählt?«

»Aber nein!«, sagte ich. »Ich habe von keinem anderen Mädchen gehört und schon gar nicht von einem, das Jade Green heißt.«

»Ach! Dann bin ich aber ins Fettnäpfchen getreten!«, rief Violet und schlug eine Hand vor den Mund.

»Nein, bitte!«, sagte ich. »Wenn ich da leben soll, muss ich es wissen. Hat sie meinem Onkel Ärger gemacht?«

Violet betrachtete mich unsicher, aber sie antwortete nicht.

»Violet, du *musst* es mir erzählen!«, bettelte ich. »Wo ist sie jetzt? Hat er sie auf die Straße gesetzt?«

Sie blickte sich ängstlich um, als befürchtete sie, jemand könnte horchen. »Er hat sie nicht auf die Straße gesetzt, Judith, und was in diesem Haus vor sich gegangen ist, kann ich wirklich nicht sagen. Aber das Mädchen hieß Jade Green und sie ist seit drei Jahren tot.«

Fünf

Mir wurde ganz schwach.

»Tot?«, rief ich und rang nach Luft. »Ihr Name ist nicht ein einziges Mal erwähnt worden, seit ich das Haus betreten habe! Seit ich nach Whispers gekommen bin, habe ich kein Wort darüber gehört!«

»Und das wirst du auch nicht, denke ich mir«, sagte Violet leise. »Deinem Onkel wäre es am liebsten, nie mehr davon zu hören, da bin ich sicher, denn was für ein fürchterlicher Schock, wenn einem jemand im eigenen Haus stirbt!«

»Hat eine Krankheit sie hinweggerafft?«

»Sie hat sich das Leben genommen«, sagte Violet, holte sich eine Rolle blauen Schleiers oben vom Bord und stieg wieder vom Hocker herunter.

Ich schnappte nach Luft und fasste mir instinktiv an die Kehle. »Aber wer war sie? Warum hat sie in Onkel Geoffreys Haus gelebt?«

»Weil er ein Christenmensch ist und das Mädchen keinen Pfennig hatte und keinen Ort, wo sie hingehen konnte. Der hochwürdige Herr Pfarrer hat herumgefragt, ob jemand sie aufnehmen würde, und schließlich hat sie ein Zuhause gefunden, wo jetzt du bist.«

»Hast du sie gekannt?«

»Nicht gut. Sie hat drüben in der Fleischerei gearbeitet, aber ich habe sie ab und zu im *Krug* gesehen. Sie war …«

Helenes große Gestalt erschien in der Tür. »Violet!«, sagte sie streng. »Ich dulde keinen Tratsch in meinem Geschäft. Über die Angelegenheit mit Miss Green wird hier nicht mehr geredet. Ist das klar?«

»Jawohl, Ma'am«, sagte Violet und wurde rot, während sie das Schleiergewebe schnell auf dem Ladentisch ausbreitete.

»Ich hoffe, ihr jungen Damen werdet gute Freundinnen, aber verschont mich bitte mit diesen jämmerlichen Geschichten«, fügte Helene hinzu.

»Das werden wir, Ma'am«, antwortete Violet rasch.

Als Helene in den nächsten Raum gegangen war, tauschten Violet und ich Blicke, während wir uns über unsere Arbeit beugten.

»Dann hebe ich den Rest auf, bis wir *aus* dem Geschäft sind«, sagte Violet mit einem Augenzwinkern. Ich musste grinsen und hatte das Gefühl, eine muntere Freundin gefunden zu haben.

Es gab eine Menge zu lernen im Zusammenhang mit Hüten, und als ich an diesem Tag das Geschäft verließ, schwirrte mir der Kopf vor Größen, Formen, Krempen, Kegeln – und zwar so sehr, dass meine Schläfen pochten. Aber der Fußweg nach Hause in der Frühlingsluft tat mir sehr wohl.

Sobald ich jedoch in die Stone Street einbog, schien

mich das Haus mit den Giebeln anzugrinsen, als wollte es mir sagen, dass es viel mehr wüsste, als ich bislang herausbekommen hatte. Wieder empfand ich die gleiche Vorahnung und beschloss, dass es der beste Weg sei, mich in dieser Angelegenheit direkt an Mrs. Hastings zu wenden. Zwar konnte ich mir durchaus vorstellen, dass mein Onkel eine unglückliche junge Frau ohne einen Pfennig aufnehmen und ihr eine Zuflucht gewähren würde, genauso wie er es für mich getan hatte. Was ich jedoch nicht verstehen konnte, war, weshalb ein Geschöpf, das ein solches Glück hatte, sich dann das Leben nehmen sollte.

Sowie ich mit Mrs. Hastings zusammen in der Küche bei einer Tasse Tee saß und mein Hütchen im Schoß liegen hatte, sagte ich: »Mrs. Hastings, da ist etwas, was mich tief beunruhigt, und ich wüsste niemanden außer Euch, den ich deswegen fragen könnte.«

Ich hatte erwartet, dass die Köchin mich in meinen Ängsten, was auch immer sie wären, beruhigen würde. Ich konnte jedoch sehen, dass ihr der Atem stockte, und ich bekam den Eindruck, es wäre ihr lieber, ich würde meine Frage gar nicht erst stellen. Trotzdem, was man angefangen hat, muss man auch zu Ende führen, sagte ich mir.

»Warum hat niemand mir davon erzählt, dass ein Mädchen namens Jade Green in diesem Hause gelebt hat und dass sie von ihrer eigenen Hand gestorben ist?«

Mrs. Hastings wurde weiß wie eine Zwiebel, und ihre Lippen bebten unbeholfen, bevor sie sprach. »Meine Liebe, es gab tatsächlich eine junge Frau, der dein Onkel auf

Bitten des Pfarrers geholfen hat, und sie ist vor etwa drei Jahren hier gestorben. Ich dachte, es würde dir Angst machen, das zu erfahren, wo du doch von weit her in ein fremdes Haus gekommen bist, ohne dass du hier eine Seele kennst, die dein Freund ist. So habe ich mich entschlossen, dir erst dann alles über Jade Green zu erzählen, wenn du dich hier etwas besser eingelebt hast.«

»Nun«, sagte ich, »es ist lieb von Euch, dass Ihr solche Rücksicht auf meine Gefühle nehmt, aber ich habe mich jetzt eingelebt und bin bereit zuzuhören.« Ich schob meine Teetasse beiseite und blickte sie erwartungsvoll an.

Mrs. Hastings rührte weiter in ihrem Tee, lange nachdem sie Milch und Zucker hineingegeben hatte.

»Sie war noch ein ganz junges Ding, als sie zu uns gekommen ist«, begann sie, »nicht älter als zwölf und, wenn ich offen sprechen darf, wenig mehr als ein Straßenkind. Ihren Vater hatte sie nie gekannt, und ihre Mutter hatte einen Beruf, den die meisten Frauen nicht in den Mund zu nehmen wagen, daher war Jade meistens sich selbst überlassen geblieben. Sie hatte ihre Zeit auf der Straße mit Betteln und Stehlen verbracht, denn an der Schule hatte sie kein großes Interesse, und die Schule hatte, ehrlich gesagt, auch überhaupt kein Interesse an ihr.

Hochwürden ist zu Mr. Sparrow zu Besuch gekommen, um zu sehen, ob er sie aufnehmen könnte, da unser Haus ja groß ist und in guter Lage in der Stadt und passend für die Bedürfnisse eines jungen Mädchens. Ich habe mich damals für sie eingesetzt, denn Mr. Hastings und ich waren kinderlos gewesen. Es kam mir wie ein Segen vor, dass dieses Haus, nachdem Mrs. Sparrow inzwischen gestorben war, wieder einen jungen Bewohner haben sollte. Und so hat dein Onkel seine Zustimmung gegeben.«

An dieser Stelle zog Mrs. Hastings ein Taschentuch aus dem Ärmel und hielt es bereit, da ihre Augen schon zu glänzen begannen.

»Ach, wie ich alles vorbereitet habe für dieses Mädchen!«, sagte sie. »Man hatte mir gesagt, dass Grün ihre Lieblingsfarbe sei, so machte ich eine Ausstattung nur für sie: ein grünes Hütchen, ein grünes Kleid, ein grünes Jäckchen, um es darüber zu tragen. Sie erhielt das Zimmer oben an der Treppe, das kleine, weil der Raum, in dem du jetzt bist, für Gäste reserviert war.«

Hier begann Mrs. Hastings zu schlucken und ihre Augen zu wischen, und ich wünschte fast, ich hätte meine Frage doch nicht gestellt. Trotzdem, ich musste es wissen. Also wartete ich ab.

»Nun, sie war eine halbe Portion, das kann ich dir sagen. Sie war so daran gewöhnt, in der Gosse zu schlafen, dass ich sie in der ersten Woche nicht dazu bringen konnte, sich ins Bett zu legen. Nur mit größten Schwierigkeiten lernte sie, wie ein zivilisierter Mensch zu leben, Strümpfe anzuziehen und ordentlich zu sprechen. Aber die Zeit und viel Güte haben sie herumgekriegt, und langsam hat unsere kleine Jade unsere Art zu leben schätzen gelernt.

Sie ließ sich allerdings nicht dazu überreden, wieder in

die Schule zu gehen, da sie inzwischen so weit hinter ihren Altersgenossen zurückgeblieben war. Aber mit den Händen zeigte sie sich äußerst geschickt, und schließlich nahm sie eine Stelle in der Metzgerei an, wo sie einen geregelten Lohn bekam. Es hieß, sie könne ein Huhn doppelt so schnell zerlegen wie die Männer, da sie so kleine, gelenkige Finger hatte.«

Mrs. Hastings machte eine Pause und trank in kleinen Schlucken ihren Tee. Sie lächelte ein wenig über ihre Erinnerungen. »Was sie selber in dieses Haus mitbrachte, das ist schwer zu sagen. Aber während Mr. Sparrow ganz steif und förmlich war, hatte Jade Green ein fröhliches und sorgloses Gemüt. Während Mr. Sparrow nur selten lächelte, saß Jade der Schalk im Nacken, und sie hatte Spaß daran, ihn zum Lachen zu bringen. Wenn der Tag finster begann oder auf dem Meer ein Sturm tobte, dann wurde Jade Green unser Sonnenschein, und bald begann Mr. Sparrow nach ihr zu fragen, sowie er abends nach Hause kam. ›Ist Jade in der Nähe?‹, pflegte er zu fragen, und manchmal genügte es ihm schon zu wissen, dass sie im Haus oder draußen im Garten war. Er machte es sich dann auf seinem Stuhl bequem und war sicher, dass sie ihm beim Abendessen lebhaft eine Geschichte erzählen würde.«

Jetzt fing Mrs. Hastings' Unterlippe zu zittern an. »Mr. Sparrow hatte sie so gern, als wäre sie seine eigene Tochter, denn er hatte keine eigene, weißt du. Er las ihr abends vor und brachte ihr bei, einfache Melodien auf dem Klavier zu spielen. Oft, wenn sie sah, dass er müde war, setzte sie sich ins Wohnzimmer und spielte ein Lied für ihn, und wie hellten sich dann seine Blicke auf!«

Plötzlich verlor die Köchin vollkommen die Fassung und fing an zu schluchzen. »Wir dachten, sie … sie war hier glücklich. Wir dachten, sie … fühlte sich zu Hause. Und dann kam der schreckliche Tag, an dem ich ihre Leiche fand …«

Mrs. Hastings erhob sich und stand mit bebenden Schultern am Fenster, bis sie sich etwas beruhigen konnte.

»Oh, liebe Mrs. Hastings, ich wollte Euch nicht solchen Kummer bereiten!«, rief ich.

Schließlich fuhr sie fort: »Der Leichenbeschauer hat gesagt, man könne bei diesen Leuten nie sagen – es läge in ihrem Charakter, dieses gewalttätige Verlangen, dieses ›Fremde und Unerklärliche‹, wie er es genannt hat. Aber von dem Moment an hat Mr. Sparrow verfügt, dass die Farbe Grün in diesem Haus nicht länger erlaubt sei. Und daher ist sie für immer verbannt, mein Kind, und in seiner Gegenwart erwähnen wir nie den Namen des Mädchens.«

Ich saß schweigend da und wusste nicht, was ich sonst tun sollte. Als Mrs. Hastings sich schließlich vom Fenster abwandte, sagte ich: »Es tut mir Leid, und ich hoffe, dass meine Anwesenheit hier ein wenig hilft, den Kummer zu lindern, den Ihr gehabt habt.«

»Das hat sie wirklich schon getan«, sagte Mrs. Hastings.

»Aber dennoch«, fuhr ich fort, denn ich wusste, wenn ich nie mehr über Jade sprechen sollte, dann würde ich meine Frage jetzt stellen oder für immer schweigen müssen, »die Geschichte, die Ihr mir erzählt habt, ist die gleiche, die mir Violet im Hutgeschäft erzählt hat. Aber Vetter Charles hat behauptet, dass alles, was ich dort hören würde, nichts anderes als Tratsch wäre, und Helene Harper hat das auch gesagt, als sie unsere Unterhaltung mitbekommen hat. Wenn dies der Wahrheit entspricht, Mrs. Hastings, was ist dann der Tratsch, auf den ich nicht hören soll?«

Wieder sah ich, wie das Gesicht der Köchin versteinerte. Sie stopfte ihr Taschentuch in den Ärmel zurück. »Alles, was du bis jetzt gehört hast, ist wahr, Judith, aber alles, was darüber hinausgeht, denke ich, wird Tratsch sein.«

Und damit holte sie ihren Besen und den Mülleimer heraus und fing mit solcher Energie zu fegen an, dass ich wusste, ich durfte nicht nur keine Fragen mehr an sie richten, sondern ich sollte schleunigst die Küche räumen.

Ich ging nach draußen und spazierte durch den Garten, wo der alte Gärtner, gekrümmt und fast taub, dabei war, einen Strauch zu beschneiden. Ich konnte all die Fragen in meinem Kopf kaum ordnen. Als ich in Whispers angekommen war, hatte ich das sichere Gefühl gehabt, dass, wenn überhaupt jemand, dann Mrs. Hastings meine Freundin sein würde und dass ich ihr mein Leben anvertrauen könnte. Aber genau so sicher, wie ich meinen Namen kannte, wusste ich, dass an der Geschichte mehr dran war, als sie bisher verraten hatte. Und als ich das nächste Mal auf das Haus schaute, sah ich, wie sie mich hinter den Vorhängen beobachtete und dass Vetter Charles von einem der oberen Fenster aus auf mich blickte.

sechs

Was sollte ich tun? Wem konnte ich trauen? Mir fiel nichts anderes ein, als ins Haus zurückzukehren, denn ich hatte keinen anderen Ort, wo ich mich aufhalten konnte.

Als ich den Salon betrat, schaute ich mich nach etwas Ablenkung um, damit ich in besserer Stimmung wäre, wenn es Zeit fürs Abendessen war. Ich setzte mich ans Klavier und spielte ein Stück, das mir meine Mutter beigebracht hatte: »Lied des Schäfers«. Ich war überrascht, wie unbeholfen meine Finger geworden waren, nachdem sie in den letzten Jahren keine Klaviertasten mehr angerührt hatten.

Auf dem Instrument lag ein Liederbuch, und ich blätterte es durch auf der Suche nach einem Stück, das meine Fähigkeiten nicht überforderte. Ich fand eines mit dem Titel »Springfield Mountain«, dessen Text mir auffiel:

Es kam ein Jüngling gangen,
Die Wiesen mähn bei Tag.
Es stach ihn eine Schlangen,
Dass er ganz bleich da lag.

Ins Haus tät man ihn tragen
Zur Liebsten auf die Bank.
Viel Schmerzen groß ihn plagen,
Zu Tode ward er krank.

Die Liebste wollt ihn retten
Und saugt ihm aus die Wund.
Bald musst sie selbst sich betten
Und lag todkrank zur Stund.

So tötete die beiden
Der Natter gift'ger Biss.
Der Tod tät beide scheiden,
Sie in die Grube riss.

Auf jede Strophe folgte der Refrain:

Tuh ruh de nai, tuh ruh de nuh,
Tuh ruh de nai, tuh ruh de nuh.

Was für ein merkwürdiges Lied!, dachte ich. Die Melodie allerdings war einfach und wiederholte sich immer wieder, und weil sie mir leicht fiel, begann ich zu spielen.

Sofort dröhnte hinter mir eine Stimme: »Hör bitte auf damit!«

Ich war so erschrocken, dass mir die Hände von den Tasten auf den Schoß rutschten. Ich drehte mich um und sah Onkel Geoffrey in der Tür. Er war sehr erregt.

Ich wusste nicht, was ich sagen sollte. Schließlich platzte ich heraus: »Es tut mir Leid, Onkel! Ich dachte nicht, dass mein Spiel Euch stören würde! Ich weiß schon, dass es sich schrecklich anhört.«

Dies schien ihn zu verwirren. »Du kannst gerne Klavier spielen, es ist nur dieses eine Lied. Ich mag es nicht.«

»Wie Ihr wollt«, sagte ich, schaute erneut in das Liederbuch und fand ein anderes Stück mit dem Titel »Abendstern«. Das spielte ich ohne Zwischenfall vom Anfang bis zum Ende. Dann wurden wir zum Essen gerufen.

Onkel Geoffrey gab sich offensichtlich große Mühe, wieder gutzumachen, dass er mich im Wohnzimmer so sehr erschreckt hatte. Als Mrs. Hastings die gebratene Ente auftrug, sagte er: »Wie ich höre, war heute dein erster Tag im Hutgeschäft, Nichte. Ich hoffe, dir gefällt die Arbeit.«

»O ja, sehr«, antwortete ich, »und wenn ich das Handwerk lerne, gibt es eine Lohnerhöhung. Darüber bin ich sehr froh, und ich hoffe nur, dass ich meine Pflichten hier im Hause nicht vernachlässige.«

»Mach dir deswegen keine Sorgen, mein Kind«, warf Mrs. Hastings ein. »Die Arbeit im Haus kann warten. Der Staub wird nicht so schnell weglaufen und du kannst den Mopp genauso gut an einem Dienstag benutzen wie an einem Montag. Ein junges Mädchen wie du sollte jedenfalls nicht die ganze Woche im Haus eingesperrt sein.«

»Sehr wahr«, sagte Onkel Geoffrey. Und dann fragte er seinen Sohn: »Und wie war dein Tag, Charles?«

»Ich bin etwas spät aufgestanden, daher bin ich erst um zehn gegangen, aber ich habe das neue Rathaus besichtigt, Vater, und ich finde, es ist architektonisch ganz großartig, genau wie man es vorausgesagt hat.«

Onkel Geoffrey nahm einen Schluck Wein, setzte sein Glas ab und fragte: »Und hast du zufällig die Gelegenheit genutzt, um einige der Büros dort aufzusuchen und zu fragen, welche Möglichkeiten es vielleicht für dich gibt, dort eine Anstellung zu finden?«

»Wie ein gemeiner Bettler?«, fragte Charles gereizt und richtete sich gerade auf. »Ich bitte dich, Vater, wenn es eine Arbeit gibt, die meinen Begabungen entspricht, dann, denke ich, werden *sie* zu *mir* kommen.«

»Sie werden kaum zu dir kommen können, wenn sie nicht wissen, worin deine besonderen Begabungen liegen. Selbst ich hätte große Mühe, sie zu beschreiben«, entgegnete sein Vater ärgerlich.

Das kam einem Streit näher, als ich es bei den beiden je zuvor erlebt hatte, und ich hielt meine Augen auf den Teller gesenkt und bediente mich rasch mit den Rübchen, die Mrs. Hastings mir reichte. Aber als das Abendessen vorüber war und die Köchin und ich zusammen den Abwasch machten, gab es im Salon eine so laute Auseinandersetzung zwischen Onkel Geoffrey und Charles, dass wir, selbst wenn wir unsere Ohren zugehalten hätten, doch jedes Wort gehört hätten. Schon das Klirren des Kognakglases, als der Onkel es auf dem Tablett absetzte, verriet uns, wie wütend er war.

»... deine Zeit verschwenden!«, dröhnte er. »Im großartigen Alter von vierzig hast du wenig vorzuweisen, Charles. Wie soll ich dir meinen Besitz vermachen, wenn du nie eine Arbeit gehabt hast, die der Rede wert ist. Eine Arbeit, die beweist, dass du den Besitz auch ordentlich verwalten kannst?«

»Und wie soll ich etwas ordentlich verwalten, wenn ich so wenig habe, um damit zu üben? Wenn du mir ein höheres Einkommen verweigerst, Vater, kann ich nichts investieren, nichts verwalten«, erwiderte Charles.

»Und warum muss es unbedingt *mein* Vermögen sein, an dem du deine Talente ausprobierst?«, explodierte sein Vater. »Warum hast du keinerlei Anstrengung gemacht, dir dein eigenes Vermögen zu verdienen? Wenn ich dann sähe, dass du das verwalten kannst, dann würde ich nicht zögern, dir mein Vermögen zu hinterlassen.«

Mrs. Hastings und ich sahen uns in der Küche an, peinlich berührt, dass wir eine so private Unterhaltung wie diese mitanhören mussten; aber jedes Wort drang so deutlich durch die Tür, als würde es in unserer Gegenwart gesprochen.

»Ab und zu kriegen sie sich in die Haare«, sagte sie mit geschürzten Lippen. »Verwöhnt ist er, der Sohn. Das ist Mrs. Sparrow zu verdanken. Hat ihn hier im Haus festgehalten und ihn von vorne bis hinten bedient – hat nie etwas von ihm verlangt, außer sie mitzunehmen, wo sie hinwollte. Und nach ihrem Tod hat Charles angefangen, all die Dinge zu tun, die er vorher nicht tun konnte.«

»Und jetzt?«, fragte ich.

»Jetzt, wo nur noch Charles und sein Vater da sind, da wird das ausgesprochen, was man vor Jahren hätte aussprechen sollen.« Sie seufzte. »Aber wer bin ich denn schon? Die Köchin, das ist alles. Daher halte ich den Mund.« Sie lächelte ein wenig und fügte noch hinzu: »Meistens, jedenfalls.«

»Willst du, dass ich eine Arbeit unter meinem Stand annehme, Vater, wie ein armer Bettler auf der Straße?«, ertönte wiederum die Stimme von Charles.

»Wegen ehrlicher Arbeit brauchst du dich nie zu schämen, Charles. Ich würde mich eher schämen, müßig zu sein, als darüber.«

»Gut. Behalte nur eins im Auge«, erwiderte Vetter Charles. »Ich bin dein einziger lebender Nachkomme. Sei nicht zu großzügig anderen gegenüber in deinem Testament.«

»Das sind wir«, flüsterte Mrs. Hastings, während wir unsere Arme in das seifige Wasser in der Spüle tauchten. »Du und ich. Charles hat solche Angst, uns könnten ein oder zwei Kupferpfennige hinterlassen werden, dass er uns, glaube ich, persönlich zum Bahnhof bringen würde, sollten wir jemals Whispers verlassen.«

»Es ist schrecklich, irgendwo leben zu müssen, wo man nicht erwünscht ist«, murmelte ich.

»Oh, mein Mädchen, *ich* wünsche, dass du hier bleibst, und das tut auch dein Onkel Geoffrey. Mach dir wegen Charles keine Sorgen. Hunde, die bellen, beißen nicht.«

»Ich fürchte aber, ich habe meinen Onkel verärgert, als ich eine Melodie aus dem Liederbuch gespielt habe«, erzählte ich ihr.

Dieses Mal schaute mich Mrs. Hastings nicht an, während sie antwortete. »Das war ein Lied, das Jade Green oft gespielt hat, als sie hier war. Er möchte nicht daran erinnert werden, das ist alles.«

Als Töpfe und Pfannen weggeräumt waren, ging ich auf mein Zimmer, um vor dem Zubettgehen noch eine Weile zu lesen. Während ich am Fenster saß und die Seiten umblätterte, hörte ich aus dem Wandschrank ein trippelndes Geräusch.

»Sie sind wieder da«, sagte ich mir und horchte auf das Geräusch der zuschnappenden Mausefalle. Aber das blieb aus und nach einer oder zwei Minuten hörte das Trippeln auf.

»*Ich werde diese Mäuse schon noch erwischen!*«, flüsterte ich. In dem Moment wurde ich jedoch von einem Schatten direkt an meiner offenen Türe abgelenkt. Er bewegte sich nicht, aber so, wie er fiel, konnte ich erkennen, dass jemand genau neben der Türöffnung stand.

Ich legte mein Buch hin, ging steif über den Teppich und stand im Korridor Charles gegenüber.

»Ich nehme an«, sagte er, »du und Mrs. Hastings, ihr habt mit euren Ohren an der Türe zum Salon geklebt.«

Ich war so schockiert über seine Worte, dass ich kaum merkte, dass er mein Handgelenk gepackt hatte.

»Ich versichere Euch, Sir, ich habe nicht absichtlich gehorcht«, stammelte ich. »Alles, was ich gehört habe, ist ungebeten zu mir in die Küche gedrungen.« Dann versuchte ich mich loszumachen, indem ich meine Hände auf der Brust verschränkte.

Ein Grinsen spielte um seine Lippen, doch sein Blick besänftigte sich nicht. »Mein Vater und ich, wir streiten uns von Zeit zu Zeit«, sagte er. »Aber das hat nichts mit dir zu tun.« Er ließ meine Hand los, doch während er seine eigene wegzog, ließ er einen Finger an den Knöpfen meines Oberteils hinuntergleiten. »Unsere Angelegenheiten betreffen dich nicht im Geringsten.«

Daraufhin drehte er sich um und stieg schnell wieder die Treppe hinab.

SIEBEN

In diesem Moment war ich froh, dass Charles in der Stadt wohnte. Trotzdem beschloss ich, ab jetzt immer die Tür abzuschließen, wenn ich mich in meinem Zimmer aufhielt. Das tat ich denn auch sofort. Dann ging ich ins Bett, hatte aber Mühe einzuschlafen und warf mich von einer Seite auf die andere. Schließlich stand ich auf und öffnete das Fenster etwas weiter, um frische Luft hereinzulassen. Endlich schlummerte ich ein und fand ein wenig unruhigen Schlaf. Ich erinnere mich nicht, was ich träumte, ich weiß nur, dass ich irgendwann in der Nacht von dem Geräusch einer knarrenden Tür aufgeweckt wurde.

Ich riss die Augen weit auf und lag da mit einer Hand auf dem klopfenden Herzen. *Charles*? Wieder knarrte die Tür.

»Wer ist da?«, rief ich.

Keine Antwort.

Ich langte nach meiner Kerze und zündete sie mit einem Streichholz an. Das Zimmer war leer. Die Tür zum Korridor hatte ich zugeschlossen, und das war sie auch noch, aber die Tür zu meinem Wandschrank stand ein paar Zentimeter weit offen.

Da lag ich nun im Bett und hielt entsetzt die Decke bis ans Kinn hochgezogen, denn ich war sicher, ich hatte diese Tür ebenfalls zugemacht, zumal ich wusste, dass Mäuse im Wandschrank nisteten. Ich löschte die Kerze nicht, sondern ließ sie für den Rest der Nacht brennen. Aber was ich noch an Schlaf fand, war kaum der Rede wert.

Am nächsten Morgen, als die Sonne direkt auf meine Gardinen schien, kam ich zu dem Schluss, ich hätte die Tür zum Wandschrank vielleicht doch nicht so fest geschlossen, wie ich es mir eingebildet hatte, so dass der Luftzug vom Fenster her die Tür hin- und herbewegen konnte.

Offenbar wurde ich jetzt wieder von Albträumen heimgesucht, wie ich sie gehabt hatte, als erst mein Vater und dann meine Mutter gestorben waren. Es gab Augenblicke, in denen ich mit Entsetzen daran dachte, dass auch mir passieren könnte, was meinen Eltern zugestoßen war. Die leichteste Unpässlichkeit war von Gedanken an meinen Tod begleitet, und solche morbiden Gedanken ließen mich wiederum befürchten, ich könnte wie meine Mutter irrsinnig werden. Arbeit war da das einzige Gegenmittel, und da ich erst in der kommenden Woche im Hutgeschäft anfangen würde, ging ich die Treppe hinunter und verkündete Mrs. Hastings, ich wünschte mir anstrengendere Arbeit, damit ich besser einschlafen könnte. Bereitwillig stimmte sie zu. Sie wickelte ein Handtuch um die Haare eines Besens und gab mir den Auftrag, im ganzen Hause die Spinnweben von den Zimmerdecken zu fegen.

»Wenn dich das nicht müde macht, mein Kind, dann kannst du noch den vorderen und den hinteren Eingang schrubben«, lachte sie, »aber ich wette, du wirst es heute Abend kaum ins Bett schaffen, bevor du einschläfst.«

Sofort machte ich mich an die Arbeit, fegte hoch über meinem Kopf mit dem Besen, führte ihn an den Kanten entlang und die Ecken hinab und um die Gaslampen an den Wänden herum. Ich hatte mir geschworen, nie das Zimmer von Vetter Charles zu betreten, bevor ich mir nicht sicher war, dass er außer Hause wäre. Aber Mrs. Hastings verriet mir, dass er zur Rennbahn gegangen sei. Daher reinigte ich auch seine Zimmerdecke von Spinnweben. In meiner Gründlichkeit nahm ich mir auch seinen Wandschrank vor. Ich war beeindruckt von der Zahl und der Vielfalt der Anzüge, die ich dort hängen sah, obwohl er doch in der Stadt wohnte – Kleidungsstücke aus bestem Stoff und elegant geschnitten. Offenbar besaß er so viele, dass er sie nicht einmal alle an einem Ort aufbewahren konnte.

»Wie er lebt und was er besitzt, geht mich nichts an«, schärfte ich mir ein und ging weiter den Korridor entlang zu der unbenutzten Schlafkammer neben der Toilette.

Als ich sie betrat, wusste ich, dass ich mich dieses Mal nicht so leicht davon abbringen lassen würde, die Treppe zum Speicher zu untersuchen. Mrs. Hastings hatte mir gesagt, ich sollte mich um die Spinnweben kümmern, aber sie hatte mir nicht gesagt, wo ich damit aufhören sollte. Daher nahm ich das als Erlaubnis oder sogar als Auftrag, auch die Spinnweben auf dem Speicher zu beseitigen. So fegte ich erst die Wände der kleinen Schlafkammer mit meinem Besen ab. Dann wandte ich mich zu der seitlichen Tür, die auf die schmale Treppe ging, und öffnete sie langsam.

Es war bereits mitten am Vormittag. Trotzdem war es dunkel in dem Treppenaufgang. Daher holte ich die Kerze aus meinem Zimmer, und mit ihr in der einen und dem Besen in der anderen Hand stieg ich eine Stufe nach der anderen die Treppe hinauf. Die Lippen hatte ich geöffnet, um besser ausatmen zu können, so schnell war mein Atem geworden.

Das Kerzenlicht warf gewaltige Schatten auf die schräge Decke des Speichers. Es war sehr eng, denn der Boden war so mit Schachteln, Koffern und Möbelstücken voll gestellt, dass ich immer nur ein paar Schritte hierhin, dann dorthin machen konnte. Die Luft war mit dem Geruch von Staub geschwängert, von altem Stoff und Papier, und die Vorhänge, die ich von der Straße aus an den Giebelfenstern gesehen hatte, erwiesen sich als vergilbte, zerschlissene Fetzen, die selbst kaum mehr als Spinnweben waren. Hier oben kamen mir die beiden Fenster noch Furcht einflößender vor, denn sie wirkten wie Augen, die nach innen gerichtet waren und jeden einzelnen meiner Schritte beobachteten. Ich hielt die Kerze mit ausgestrecktem Arm, um in die entferntesten Ecken zu leuchten, und stellte fest, dass es da nichts Ungewöhnliches gab, was man nicht auf jedem Speicher hätte finden können.

Nichts bewegte sich außer den Schatten, und auch die bewegten sich nur, weil meine Hand zitterte. Schließlich vergaß ich vor lauter Erleichterung völlig die Spinnweben und begann, die Treppe wieder hinabzusteigen.

Auf halbem Weg nach unten tat mein Herz einen Sprung und hämmerte dann gegen die Rippen: Auf den verbleibenden Stufen lag ein großer, dunkler Schatten. Ich hielt an und stand bewegungslos still. Ich fürchtete, jemand könnte unmittelbar hinter der Tür zum Speicher stehen. Aber als sich mein Atem beruhigt hatte und ich vorsichtig auf eine der verdunkelten Stufen trat und sie aus der Nähe untersuchte, sah ich, dass es überhaupt kein Schatten war, sondern ein dunkler Fleck, der in das Holz eingezogen war.

Ich hielt die Kerze über diesen Fleck. Er hatte die Farbe dunklen Mahagoni-Holzes. Das Pochen meines Herzens aber verriet mir, was mein Verstand zunächst abstritt: Es war die Farbe von Blut.

Als ich die Treppe hinaufgegangen war, hatte ich den Fleck nicht wahrgenommen, aber jetzt war er da – so sicher wie die Pantoffeln an meinen Füßen, und ich fragte mich, ob mir mein Verstand einen Streich spielte.

Ich hielt den Atem an, lehnte mich an die Wand und versuchte mit meinem Entsetzen fertig zu werden. Ja, es war ganz sicherlich Blut. Dies war also der Ort, wo die Tat geschehen war, nun wusste ich es. Ich versuchte mir vorzustellen, wie ein Mädchen wie Jade Green sich auf der Speichertreppe versteckte und sich das Leben nahm.

Was konnte sie nur dazu getrieben haben? Ein Mädchen, das so munter und voller Leben war, wie die Köchin sie beschrieben hatte?

Rasch stieg ich weiter hinab, und als ich endlich in dem Zimmer war und die Tür zum Speicher hinter mir abgeschlossen hatte, setzte ich mich auf die Kante des unbenutzten Bettes, bis sich mein Pulsschlag beruhigt hatte. Ich war sicher, je besser ich das Haus kannte, desto weniger würde ich es fürchten, egal was es zu erzählen hatte, und umso ruhiger würde ich nachts schlafen. Dennoch: Das Blut auf der Treppe beunruhigte mich sehr.

Trotzdem arbeitete ich den ganzen Tag lang so schwer, dass ich in dieser Nacht sehr gut schlafen konnte und auch in der folgenden und der nächsten danach.

Als ich an dem Morgen aufwachte, an dem ich meinen ersten vollen Arbeitstag in Helenes Hutgeschäft haben sollte, war es, als wäre über Nacht der Sommer nach Whispers gekommen. Blätter, die zuvor nur feste, kleine Knospen gewesen waren, hatten sich nun entfaltet, und vor meinen Schlafzimmerfenstern war eine grüne Welt erstanden.

»Oh, Mrs. Hastings!«, rief ich, als ich in die Küche kam. »Was für ein herrlicher Tag!«

»Das ist es tatsächlich!«, antwortete sie. »Dein Onkel hat heute Morgen seinen Kaffee im Garten getrunken, bevor er zur Arbeit gegangen ist, und auch für dich warten Brötchen und Marmelade unter der Buche.«

Eigentlich war ich so in Eile gewesen, zum Hutgeschäft

zu kommen, dass ich gehofft hatte, das Frühstück ganz auslassen zu können. Aber der Garten sah derart einladend aus, dass ich am gusseisernen Tisch draußen auf dem Rasen Platz nahm und mich von Mrs. Hastings bedienen ließ, was ihr große Freude machte.

Es passte mir jedoch gar nicht, dass Charles sich bald zu mir gesellte. Er kam um das Haus herum und setzte sich mir gegenüber. Mir fiel auf, dass er es, obwohl er nicht hier wohnte, doch so einrichtete, regelmäßig zu den Mahlzeiten aufzutauchen.

»Guten Morgen«, sagte er freundlich, und nachdem er abgewartet hatte, bis Mrs. Hastings ihm seinen Kaffee serviert und sich wieder ins Haus zurückgezogen hatte, fuhr er fort: »Sag mir, Judith, wie war die finanzielle Lage deines Vaters wirklich bei seinem Tode? Es scheint mir nicht sehr wahrscheinlich, dass er gestorben sein sollte, ohne einen Pfennig zu hinterlassen, wie du uns weismachen möchtest.«

Ich konnte seine Unverschämtheit kaum fassen. »Wie könnt Ihr daran zweifeln?«, sagte ich. »Was habe ich getan, dass Ihr so eine Frage stellt?«

»Ich wollte nicht unhöflich sein«, entgegnete er. »Aber da du nun zur Familie gehörst, kann man dich doch wie ein Familienmitglied behandeln, und das ist die Art von Frage, wie ich sie einer Schwester stellen würde.«

Vielleicht war das so, dachte ich. Ich konnte kaum erwarten, in die Arme der Familie aufgenommen und dennoch weiter wie ein Gast behandelt zu werden.

»Also gut«, sagte ich. »Mein Vater hatte nicht den Geschäftssinn von Onkel Geoffrey, und einige seiner Entscheidungen erwiesen sich als falsch. Nach seinem Tode lebten wir zwar nicht gerade in Armut, aber er schuldete so vielen Leuten Geld, dass Mutter und ich unseren wertvollsten Besitz verkaufen mussten, um seine Schulden zu bezahlen.«

»Hat er dir gar nichts hinterlassen? Es gab doch sicher das Familiensilber, den Schmuck deiner Mutter, Bilder, Einrichtungsgegenstände …«

»Alles, was wir hatten, haben wir verkauft, Vetter Charles. Mutter und ich sind in eine Wohnung im Hause eines Nachbarn gezogen und haben sehr einfach gelebt. Um es kurz zu sagen, ich bin ohne einen Pfennig zu euch gekommen.«

»Das ist schade – wenn es stimmt«, sagte er. »Nicht, dass es etwas ausmacht.«

»Danke«, sagte ich und hoffte von ganzem Herzen, dass er es ehrlich meinte.

Ich biss in mein Brötchen und nahm einen Schluck Tee. Als ich wieder aufsah, befiel mich eine innere Unruhe; sein Stirnrunzeln war jetzt einem Lächeln gewichen, das jedoch keineswegs angenehmer war, und seine Augen ruhten nicht auf meinem Gesicht, sondern auf meiner Figur.

Ich spürte, wie mir das Blut in die Wangen schoss, und senkte den Blick. Er lachte und setzte seine Tasse ab. »Wie ich sehe, hast du dich fein gemacht für dein Tratschgeschäft«, sagte er. »Sag Violet Morrison, wenn sie noch schneller mit ihrer Zunge wedelt, wird sie ihr abfallen.« Und damit verließ er den Garten.

Ich werde mir von niemandem den Tag verderben lassen, sagte ich mir entschlossen, nahm meinen Teller und die Tasse und brachte sie ins Haus. Und tatsächlich: Als ich mich auf den Weg zum Hutgeschäft machte, die wärmende Sonne auf dem Gesicht spürte und die Bäume herrlich grün leuchteten – das Grün so jung, die Blumen so frisch, die Brise so sanft –, kam mir Whispers wie die hübscheste Stadt an der ganzen Ostküste vor.

Einige Kundinnen waren bereits da, als ich das Geschäft betrat, und bevor ich wusste, wie mir geschah, holte ich schon das Band und den Faden für Helene, ging ins Hinterzimmer und wieder zurück, um Schleier erst in der einen, dann in der anderen Farbe herbeizuschaffen, und ich hoffte nur inständig, dass ich den Tag überstehen würde, ohne einen Fehler zu machen.

Schließlich gingen Violet und ich zur Mittagszeit in den *Krug* nebenan, um draußen auf einer Bank eine Fleischpastete zu essen. Hätte ich nur noch meine Schuhe ausziehen können, wäre ich vollkommen glücklich gewesen, denn die liefen spitz zu und drückten an den Zehen.

»Es wird nicht mehr viele so schöne Tage geben«, sagte Violet. »Es wird hier heißer als ein Ofendeckel, wenn erst der Sommer kommt.« Sie nahm einen großen Schluck von ihrem Ale. Dann fragte sie mich. »Also, wie ist das, in dem alten Haus der Sparrows zu wohnen?«

»Es gefällt mir gut«, antwortete ich. »Mein Zimmer ist

schön und geht auf den Garten hinaus, und sie verlangen nicht viel von mir. Kurz gesagt, ich werde wie eine Tochter behandelt.«

»Aber nachts!«, fuhr Violet fort und blickte mir fest in die Augen. »Was tust du dann?«

»Was meinst du nur? Ich schlafe natürlich.«

»Hast du *sie* nie gesehen oder gehört?«

»Wen?«, fragte ich, aber im Herzen kannte ich schon die Antwort. Auf den Armen bekam ich eine Gänsehaut.

»Jade Green«, antwortete sie. »Sie ist noch dort, sagt man. Wenn du sie noch nicht gesehen hast, wirst du sie noch sehen.«

Acht

Ich konnte kaum noch einen klaren Gedanken fassen, nachdem ich aus Violets Munde vernommen hatte, was meine größte Befürchtung gewesen war.

War das vielleicht gerade der Tratsch, vor dem mich sowohl Mrs. Hastings wie auch Charles gewarnt hatten? Entsprach es nicht der menschlichen Natur, anzunehmen, dass ein Gespenst in dem Hause umging, in dem ein Mädchen ums Leben gekommen war, besonders wenn es von seiner eigenen Hand gestorben war?

»Nun«, sagte ich zu Violet, »sollte Jade Green tatsächlich noch im Hause meines Onkels spuken, dann bin ich ihr noch nicht begegnet.«

Und so sprachen wir über andere Dinge. Es war mir eine große Erleichterung, als der Arbeitstag vorüber war und ich mich auf den Heimweg machte, der viel angenehmer gewesen wäre, hätte ich passendere Schuhe getragen.

Ich war noch nicht weit gegangen, da hörte ich neben mir das langsame Klappern von Pferdehufen, und als ich aufblickte, erkannte ich Zeke Carey, der mich vom Sitz seines Wagens herab angrinste.

»Steig auf«, sagte er. »Ich fahre dich nach Hause.«

»Aber es ist ein wunderschöner Tag«, protestierte ich.

»Ich kann leicht zu Fuß gehen.« In Wirklichkeit hatte ein Wagen noch nie so verlockend gewirkt, und ich sehnte mich danach, meinen Füßen etwas Erholung zu gönnen.

»Hier oben ist es noch schöner«, sagte er. »Außerdem muss ich nur noch eine Lieferung machen. Fahr mit mir und ich zeige dir die Stadt.«

Das schien ein guter Grund mitzufahren, und so ging ich bereitwillig zum Wagen hinüber, und mit Zekes helfender Hand hievte ich mich auf den Sitz neben ihm. Er schüttelte die Zügel und das Pferd trottete los.

»Du solltest mehr an die frische Luft kommen«, sagte Zeke immer noch grinsend. »Deine Haut ist so weiß wie Mehl.«

»Die ist schon immer so gewesen. Ich komme nach meiner Mutter«, sagte ich.

»Wenn du den ganzen Tag in so einem Geschäft arbeitest, werden deine Finger verkümmern«, fuhr er fort.

Ich lachte nur. »Die Arbeit gefällt mir und tagsüber bin ich gern aus dem Hause meines Onkels.«

Das Pferd trabte zügig die Straße entlang, die um den Park herumführte. Die hohen Bäume mit ihren frischen Blättern spendeten uns Schatten.

»Da unten ist der Teich«, sagte Zeke. »Im Winter gehen wir da Schlittschuh laufen. Und da vorne ist der Musikpavillon und dahinter das Rathaus. Ich muss beim Pfarrer einen Sack Maismehl abliefern, dann zeige ich dir das Meer.«

Es bereitete mir großes Vergnügen, neben diesem hübschen Jungen zu sitzen, der leicht nach frischem Schweiß roch und dessen Atem nach Äpfeln duftete. Das Lächeln, das er mir schenkte, ließ mich annehmen, dass es auch ihm gefiel, mich dort neben sich zu haben. Vielleicht weil mich der Friedhof, an dem wir gerade vorbeikamen, an Jade Green erinnerte, fragte ich Zeke: »Hast du mal von einem Mädchen namens Jade Green gehört?«

»Sicher«, sagte er. »Jeder weiß von ihr. Warum?«

»Ich frage mich, ob du sie jemals getroffen hast.«

Zeke schüttelte den Kopf. »Nein. Sie war älter als ich, und ich habe sie nur manchmal aus der Metzgerei kommen oder in den *Krug* gehen sehen. Sie ist dort gerne nach der Arbeit vorbeigegangen und hat ein Glas Ale getrunken, haben meine Brüder berichtet. Aber damals habe ich noch keine Lieferungen für meinen Vater gemacht, ich bin noch zur Schule gegangen.«

»Violet Morrison hat mir erzählt, im Hause meines Onkels spukt es«, sagte ich.

»Das habe ich auch gehört«, erwiderte Zeke. »Aber ich glaube nicht an Gespenster.«

»Ich auch nicht, aber …« Ich brach ab. »Es ist komisch, in einem Haus zu wohnen, in dem es Dinge gibt, über die man nicht reden kann und in dem die Farbe Grün verboten ist.«

Zeke betrachtete mich und diesmal lächelte er nicht. »Ich an deiner Stelle würde mir weniger Sorgen über Gespenster machen und mehr über deinen Vetter Charles.«

»Warum denn?«

»Aus keinem besonderen Grund«, sagte er. »Denke nur dran.«

Wir hielten am Hause des Pfarrers, und ich nahm die Zügel, während Zeke den großen Sack Maismehl die Auffahrt hinauf und um das Haus herum nach hinten trug. Er balancierte ihn auf seiner breiten Schulter. Sein blondes Haar glänzte in der Nachmittagssonne. Dann fuhren wir wieder los, das Pferd trabte in einem gleichmäßigen Trott dahin, bis wir schließlich die große Nord-Süd-Straße in Whispers überquert hatten und auf dem schmalen Pfad fuhren, der am Rande des Meeres entlangführte.

So kam es, dass ich zum ersten Mal einen Blick auf den Ozean werfen konnte. Und wie ich ihn anstarrte! Da ich immer in Ohio gelebt hatte, war ich gewohnt, in jeder Richtung von Land umgeben zu sein, und ich hatte nie über ein Gewässer geblickt, ohne auf der anderen Seite Bäume oder Hügel zu sehen.

»Das ist aber schön, Zeke!«, sagte ich atemlos. »Schau nur, wie das Wasser heranströmt und anschwillt! Ich habe nicht gewusst, dass ein Ozean so sehr wie ein Lebewesen ist!«

»Du solltest ihn erst mal bei einem Sturm sehen«, sagte Zeke. »Es gibt aber eine Bucht, wo das Wasser ruhig ist und wo ich gerne fische.« Er lächelte. »Du kannst irgendwann mitkommen und die Köder an meine Haken machen.«

»Das werde ich auf keinen Fall!«, antwortete ich lachend. Aber zu mir selbst sagte ich: Warum eigentlich nicht?

Ich hatte mir nichts dabei gedacht, als ich die Fahrt mit Zeke Carey unternommen hatte, aber als Pferd und Wagen am eisernen Tor vor dem Hause meines Onkels hielten, wartete dort schon Onkel Geoffrey auf mich, und Mrs. Hastings stand hinter ihm im Eingang und hielt ängstlich nach mir Ausschau.

»Was ist los?«, fragte ich, während mir Zeke vom Wagen half. Mein Onkel schritt auf uns zu, um das Tor zu öffnen.

»Wir haben uns alle Sorgen um dich gemacht!«, sagte er. »Mrs. Hastings dachte, du hättest schon vor vierzig Minuten zu Hause sein müssen, und als ich gegangen bin, um bei Helene Harper nachzufragen, hat sie mir gesagt, du hättest das Geschäft um fünf verlassen.«

»Es tut mir wirklich Leid, Onkel!«, sagte ich. »Ich hatte nicht gedacht, dass meine Verspätung Euch irgendwie beunruhigen würde.«

»Ich trage die volle Verantwortung dafür«, enschuldigte sich Zeke von seinem Sitz auf dem Wagen. »Ich habe sie überredet, auf eine Fahrt mitzukommen. Wir hätten erst hier anhalten und Mrs. Hastings sagen sollen, dass wir wegfahren würden.«

Die Köchin wedelte mit dem Löffel in seine Richtung. »Das hättest du, Zeke Carey! Wage es ja nicht, mit unserer Judith fortzugehen, ohne uns vorher Bescheid zu sagen.«

»Na gut, ich könnte sie bald wieder nach Hause fahren, da kann ich es euch also jetzt gleich sagen«, meinte er so keck, dass sogar mein Onkel grinsen musste.

Ich verabschiedete mich rasch von dem Schelm und ging ins Haus. Insgeheim freute ich mich, dass mein Onkel sich so um mein Wohlergehen sorgte.

Als ich auf mein Zimmer gehen wollte, hielt mich Mrs. Hastings auf dem Treppenabsatz an. »Dein Onkel war schrecklich aufgeregt, Judith. Er hatte Angst, dass dir irgendetwas Entsetzliches zugestoßen sein könnte.«

»Wegen dem, was Jade Green passiert ist?«, flüsterte ich zurück.

»Ich glaube. Gib dir Mühe, ihm keine Sorgen zu machen.«

»Wenn ich wieder spät dran bin, dann deshalb, weil ich mit Zeke fahre«, sagte ich. Und dann fügte ich noch lachend hinzu: »Wirklich, ich habe nicht vor, mir das Leben zu nehmen. Deswegen braucht ihr euch keine Sekunde zu ängstigen.«

Das schien sie jedoch nicht zu beruhigen. »Es könnten auch andere Dinge passieren«, sagte sie dunkel. »Sei nur vorsichtig, mein Kind.«

Wieder fühlte ich einen Kälteschauer, als wäre ein Fenster offen geblieben oder ein plötzlicher Luftzug hätte mich auf der Treppe berührt.

Als Mrs. Hastings zurück in die Küche gegangen war, wartete ich, bis ich das Klappern ihrer Pfannen und Töpfe hörte. Dann ging ich in das unbenutzte Schlafzimmer, setzte mich auf den Rand von Jade Greens Bett und starrte auf die Tür zum Speicher.

Warum hat sie es getan?, fragte ich mich wieder. *Wie* hat sie es getan? Ich versuchte mir vorzustellen, was ich, falls ich so einen Wunsch hätte, tun würde, um die Tat auszuführen. Schließlich packte ich, wie magisch hingezogen zu dieser blutbefleckten Treppe, den Türgriff und drehte den Knauf. Mein Blick fiel auf den Aufgang zum Speicher.

Augenblicklich zuckte ich zurück und hielt mir die Hände vor den Mund: Auf den Stufen da, auf den blutgetränkten Stufen lag der weiße Handschuh eines Mädchens.

Ich konnte nur dastehen und hinstarren, an meinen Schläfen pochte es vor Angst. Der Handschuh hatte etwa die Größe meiner eigenen Hand und war sicher nicht groß genug für Mrs. Hastings. Und ich wusste genau, dass er nicht dort gelegen hatte, als ich das letzte Mal auf dem Speicher gewesen war.

Ich riss mich zusammen, beugte mich mit zitternden Händen vor und hob den Handschuh auf. Jetzt erlebte ich meinen zweiten Schock: Unter dem Handschuh war noch etwas, was ich vorher nicht bemerkt hatte – die tiefen Kerben eines Hackmessers, die gut sichtbar in das Holz der Stufe eingegraben waren.

Entsetzt warf ich den Handschuh wieder auf die Speichertreppe, schloss die Tür hinter mir und floh in mein Zimmer. Ich kam zu dem Schluss, dass irgendjemand mir einen Streich spielen wollte, und ich nahm mir vor, nicht mehr an den Tod von Jade Green zu denken. Das Ganze war schließlich vor über drei Jahren passiert, und es nützte nichts, über eine Sache nachzugrübeln, die nicht rückgängig zu machen war. Sollten doch Onkel Geoffrey und Mrs. Hastings sich Gedanken machen, wenn sie nicht anders konnten, aber mich ging das nichts an.

Als ich mich schließlich beruhigt hatte, machte ich mich daran, meine Kleidung für den kommenden Tag auszusuchen. Mir war aufgefallen, dass sich sowohl Helene wie auch Violet sehr sorgfältig kleideten und gut passende Accessoirs auswählten, und ich beschloss, ebenfalls immer in meinen besten Sachen zur Arbeit zu kommen.

Gerade hatte ich mich mit einem Rock auf dem Arm vom Wandschrank abgewandt, als ich aus den Augenwinkeln irgendetwas über den Boden huschen und unter meiner Kommode verschwinden sah. Rasch wirbelte ich herum, aber es war zu spät, um erkennen zu können, was es war.

Sofort holte ich die Mausefalle aus dem Wandschrank und stellte sie stattdessen unter die Kommode.

Das Abendessen verlief wie gewöhnlich. Charles hatte nichts weiter zu sagen, außer dass auf der Rennbahn herrliche Pferde liefen, und Mrs. Hastings fragte nur, ob uns ihr Dessert schmeckte. Ich fürchtete, ich würde noch einmal wegen meiner Fahrt mit Zeke Carey getadelt werden, aber das Thema kam nicht zur Sprache. Nach dem Essen, als das Geschirr gewaschen und weggeräumt war, ging ich ins Wohnzimmer und spielte für meinen Onkel ein paar Lieder. Dabei achtete ich sorgfältig darauf, nicht »Springfield Mountain« zu wählen.

Da die Türen offen standen und eine Brise durchs Wohnzimmer wehte, wollte ich mir einen Umhang holen. Ich stieg die Treppe hoch und war gerade in den Korridor eingebogen, als ich einen gedämpften Fluch aus meinem Zimmer hörte. Einen Augenblick danach kam eine Mausefalle durch die offene Tür über den Fußboden und gegen die gegenüberliegende Wand geschlittert.

Wie groß war mein Erstaunen, als daraufhin Vetter Charles erschien. Er war genauso überrascht, mich anzutreffen, wie ich es war. Er murmelte eine knappe Entschuldigung und schritt dann rasch den Korridor entlang zu seinem eigenen Zimmer.

Ich fand meinen Umhang und ging in den Garten hinaus, um über den Vorfall nachzudenken. Ich überlegte, welchen Grund Charles möglicherweise gehabt haben könnte, mit der Hand unter meine Kommode zu langen. Ich erinnerte mich an seine Frage nach der finanziellen Situation meiner Familie und vermutete, dass er vielleicht den Verdacht hatte, ich wäre doch mit einem bescheidenen Vermögen gekommen, das ich in meinem Zimmer verborgen hielt. Ich begann sogar meinen Vetter zu verdächtigen, ein Dieb zu sein und nur nach dem Ort gesucht zu haben, wo ich meinen Lohn versteckte.

Später fragte ich mich, ob Mrs. Hastings den gleichen Verdacht hatte, denn sie kam nach einiger Zeit aus dem

Haus, um mit mir spazieren zu gehen, und sagte: »Was deinen Lohn angeht, mein Kind – Was willst du tun mit dem Geld, das du im Hutgeschäft verdienst? Ich denke, es wäre gut, wenn du es an einem sicheren Ort aufbewahren würdest.«

»Ich habe noch nicht so viel verdient, Mrs. Hastings, aber wenn es so weit ist, werde ich es wohl in meinem Schreibtisch aufheben«, sagte ich.

»Das kannst du natürlich machen, wie du willst«, sagte sie, »aber zu deiner eigenen Sicherheit möchte ich vorschlagen, dass du es entweder deinem Onkel oder mir zur Aufbewahrung gibst. Selbstverständlich kannst du es dann jederzeit zurückhaben, wann immer du es willst.«

»Das werde ich tun«, versprach ich. Sie kannte meinen Cousin schließlich besser als ich.

Charles war im weiteren Verlaufe des Abends sehr zurückhaltend. Er sagte nichts zu mir, was als Erklärung für sein Verhalten hätte dienen können, noch wünschte er mir gute Nacht, als er das Haus verließ, um sich zu seiner eigenen Wohnung zu begeben.

Ich ging früh zu Bett, da ich am nächsten Morgen rechtzeitig im Geschäft sein wollte. In der Nacht wachte ich jedoch auf, ohne zu wissen, wie spät es war. Ich spürte aber, dass sich jemand bei mir im Zimmer aufhielt, und in dem traumähnlichen Zustand, in dem ich mich befand, glaubte ich, es wäre vielleicht schon Morgen, ich hätte verschlafen und Mrs. Hastings wäre gekommen, um mich zu holen.

Ich lag da und wartete darauf, ihre Stimme zu hören, als etwas meine Stirn berührte.

»Ja?«, fragte ich verschlafen. Und dann drehte ich mich ein bisschen um, machte die Augen auf und sah, dass ich in völlige Dunkelheit starrte. »Ja?«, fragte ich noch einmal.

Plötzlich war ich hellwach. Es war mitten in der Nacht und um mich herum war alles schwarz.

»Wer ist da?«, flüsterte ich, und aus Angst, es könnte Charles sein, schrie ich laut auf.

Einen Augenblick lang passierte gar nichts. Dann hörte ich einen dumpfen Schlag auf der anderen Seite des Korridors, dann noch einen, Türöffnen und Schritte. Schließlich kam, mit der Nachtmütze schief auf dem Kopfe, Mrs. Hastings in mein Zimmer; in der Hand hielt sie eine Kerze. Kurz darauf folgte ihr Onkel Geoffrey.

Ich atmete so heftig, dass ich nicht sprechen konnte. Ich lag zusammengerollt am Kopfende des Bettes mit den Decken um mich herum und hatte mich zusammengekauert wie ein kleines Tier, das gleich gefressen werden soll.

»Um Himmels willen, Kind, was ist los?« Mrs. Hastings kam zu mir geeilt. »Was ist passiert?«

Ich blickte nach allen Richtungen in mein Zimmer, konnte aber nichts entdecken. Mein erster Gedanke war, ihnen zu sagen, dass ich den Verdacht gehabt hätte, jemand befände sich in meinem Zimmer. Aber wenn ich das tat, dann würde Onkel Geoffrey mit Sicherheit darauf bestehen, das zu überprüfen – unter dem Bett, im Wandschrank … Er würde vielleicht sogar in meinen großen Koffer schauen, um sicherzugehen, dass sich dort niemand versteckte, und das konnte ich nicht zulassen.

»Es … es war nur ein Traum«, sagte ich. »Es tut mir Leid, dass ich euch aufgeweckt habe.«

»Bist du da sicher?«, fragte mein Onkel.

»Ja. Ich habe … ich habe diese Träume ab und zu, seit meine Eltern gestorben sind. Sie kommen und gehen«, sagte ich.

»Ach, ich weiß, wie das ist«, erklärte mir Mrs. Hastings. »Nachdem mein Henry gestorben war, ist es mir genauso ergangen. Schlaf wieder ein, meine Liebe. Ich lasse dir die Kerze auf deiner Kommode.«

Darauf gingen die beiden wieder, ich aber wagte nicht, die Augen zu schließen. Die Angst wich einer Wut. Jemand *war* in meinem Zimmer gewesen, ganz sicherlich, und ich hatte den Verdacht, es könnte Charles gewesen sein. Es wäre eine Leichtigkeit für ihn, in der Nacht, ohne dass wir es merkten, zu kommen und genauso schnell, wie er gekommen war, wieder zu verschwinden. Sein Herumlungern, der Handschuh auf der Treppe und nun dies – die Berührung meiner Stirn mitten in der Nacht. Da er mich nicht verletzt hatte, versuchte er womöglich, mich in den Wahnsinn zu treiben, damit ich nichts von der Erbschaft bekäme, von der er meinte, dass sie allein ihm zustand. Lieber wollte ich glauben, dass er die Absicht hatte, mir den Verstand zu rauben, als anzunehmen, dass ich bereits dabei war, ihn tatsächlich zu verlieren. Wenn Charles hinter all dem steckte, dann, so sagte ich mir tapfer, sollte er schon merken, dass ich entschlossen war, mich zu wehren.

Ich stand auf, nahm die Kerze und ging zur Küche hinunter. Ich öffnete erst eine, dann eine zweite Schublade. Meine Finger schlossen sich um den Griff eines Fleischermessers. Ich nahm es mit nach oben und legte es in mein Nachtkästchen.

NEUN

Erstaunlicherweise konnte ich jetzt schlafen. Ich war überzeugt, dass ich entweder tatsächlich geträumt hatte oder dass Charles, falls er noch in der Nähe war, es nicht riskieren würde, das ganze Haus ein zweites Mal mit meinen Schreien aufzuwecken. Ich nahm mir vor, das Messer bei mir in meinem Zimmer zu behalten.

Die ganze restliche Woche, bis es am Freitag zu regnen begann, nahm ich mein Frühstück draußen im Garten ein. Ich konnte es so einrichten, dass ich jedes Mal ein Buch las, wenn Charles zu seinem Morgenkaffee eintraf, so dass er gezwungen war, sich mit der Köchin zu unterhalten. Wenn er mir eine Frage stellte, antwortete ich freundlich, um dann in meiner Lektüre fortzufahren.

In der folgenden Woche ereignete sich jedoch wieder etwas, was mich ganz aus der Fassung brachte. Ich hatte eine leichte Magenverstimmung und entschuldigte mich deshalb nach dem Abendessen, verließ den Salon und ging ins Bett. Während ich dort in der zunehmenden Dunkelheit lag, dieses Mal vollkommen wach, wenn auch mit geschlossenen Augen, hatte ich das Gefühl, dass Finger über meine Lippen glitten.

Ich schnappte nach Luft, setzte mich auf, suchte das

Zimmer nach dem Eindringling ab und nahm das Messer aus der Schublade neben dem Bett. Aber es war niemand im Raum. Er war leer, und ich war erstaunt, von unten die Stimme meines Vetters zu hören, der sich mit seinem Vater stritt. Wurde ich also *wirklich* verrückt – hörte ich, sah ich und fühlte ich nun sogar Dinge, die es gar nicht gab? Tränen schossen mir in die Augen, denn wenn ich meinen Verstand verlor, dann wäre alles verloren.

Auch am nächsten Tag fühlte ich mich krank, aber am darauf folgenden war ich fest entschlosssen, wieder ins Hutgeschäft zu gehen. Onkel Geoffrey ließ Zeke rufen, damit er mich hinfuhr und ich mich nicht unnötig ermüdete.

»Ich habe gehört, du bist krank gewesen«, sagte Zeke, als wir losfuhren.

»Jetzt geht es mir wieder ganz gut«, sagte ich.

»Das freut mich«, sagte er. Ich war überrascht, wie gut es mir tat, das von ihm zu hören.

Er machte einen Umweg, um mir die Fischer zu zeigen, die in der Brandung standen und auf ihren Morgenfang warteten. »Komm einmal mit mir in die Bucht, wenn es heiß ist«, sagte er. »Es wird dir gefallen.«

»Vielleicht«, sagte ich. Später, als er mich am Geschäft absetzte, fragte ich mich, ob ich mir das einbildete oder ob er meine Hand tatsächlich länger festgehalten hatte, als nötig war, um mich sicher absteigen zu lassen.

Ich trug an diesem Tag einen Rock aus blauer Seide mit einer Hemdbluse in der gleichen Farbe, und sowohl Helene als auch Violet sprachen mich auf meine Aufmachung an.

»Blau ist entschieden deine Farbe«, sagte Helene. »Entweder Blau oder Grün passen außerordentlich gut zu deinem Teint.«

Ich dankte ihnen für ihre Komplimente und war froh, dass ich, wenn ich wirklich besonders vorteilhaft aussah, so vor Zeke Carey erschienen war.

»Ist er dein neuer Verehrer?«, fragte Violet, als wir im Hinterzimmer zusammen eine Sendung Tüll auspackten.

»Er ist ein Freund und er ist sehr nett zu mir«, sagte ich artig. Violet grinste und stieß mich in die Rippen, dann brachen wir beide in Gelächter aus.

»Aber wirklich«, sagte Violet, »Blau steht dir gut, aber in Grün habe ich dich noch nie gesehen.«

Ich senkte die Stimme und schlug die Augen nieder. »Es ist verboten«, sagte ich.

»Was?«

»Diese Farbe ist im Sparrow-Haus nicht erlaubt. Es war die Bedingung, unter der ich kommen durfte.«

Violet ließ ihre Arbeit ruhen und starrte mich mit ihren großen dunklen Augen an. »Dann muss das *ihretwegen* sein!«, stellte sie fest. »Jade Green. Grün war *ihre* Lieblingsfarbe und sie hat sie die ganze Zeit getragen.«

»Das habe ich mir schon gedacht«, sagte ich. »Vielleicht erinnert Grün meinen Onkel zu sehr an sie.«

Violet jedoch schüttelte den Kopf. »Ich glaube nicht, dass es das ist.« Sie ging zur Tür, um zu sehen, wo Helene war, und als sie sie mit zwei Kundinnen drüben am Zuschneidetisch sah, kam sie zu mir zurück und flüsterte: »Als Mrs. Tillis, eine unserer Kundinnen, jung gestorben war – ihr Kleid hatte Feuer gefangen –, da heiratete ihr Mann wieder. Nur zwei Monate nach der Beerdigung. All ihre persönlichen Sachen hatte er weggegeben, außer ihrem Lieblingshut; in dem hatte sie ihm besonders gut gefallen. Und als die neue Braut anfing, ihn zu tragen, wurde das Haus in kurzer Zeit, sagt man, von Jammern und Seufzen erschüttert, bis Mr. Tillis die Kopfbedeckung selber wegwarf.«

»Ach, Violet, das ist doch mit Sicherheit nur Gerede«, sagte ich schnell.

Sie schüttelte den Kopf und dämpfte die Stimme zu einem Flüstern. »Man sagt, wenn jemand eines gewaltsamen Todes stirbt, dann kann das Gespenst an dem Ort oder in dem Haus erscheinen; es wird angezogen von einem Lieblingsgegenstand aus dem Besitz der toten Person. Von einem Spielzeug zum Beispiel bei einem Kind oder von dem vertrauten Bett eines alten Mannes oder von dem Brautschleier einer jungen Frau. Der Lieblingsgegenstand von Jade Green war, wie wir alle wissen, eine Farbe.«

Mir wurde ganz kalt bei ihren Worten, als ich mich an die Hand erinnerte, die zweimal mein Gesicht berührt hatte, während ich im Hause meines Onkels schlief. Aber das war, rief ich mir in Erinnerung, gar nicht Jade Greens Bett, denn sie hatte in dem kleinen unbenutzten Zimmer geschlafen. Nein, sagte mir mein Herz, wenn Jade Green als Gespenst umging, dann war sie zu meinem Zimmer hingezogen worden durch die Farbe Grün, den Rahmen um das Bild meiner Mutter. Vielleicht kannte auch mein Onkel das Gerücht, von dem Violet mir berichtet hatte, und wollte nicht riskieren, das Gespenst anzulocken.

»Du siehst noch ein wenig kränklich aus«, sagte Violet. »Bist du sicher, dass es richtig war, so bald zur Arbeit zurückzukehren?«

»Es geht mir gut genug, um zu arbeiten«, sagte ich. »Lass uns diese Kiste zu Ende auspacken, dann übe ich meine Näherei.«

In meinem Kopf herrschte jedoch ein solches Durcheinander, dass ich an diesem Nachmittag kaum an etwas anderes denken konnte als an Jade Green. Der Onkel schien nicht der Mann, der einem bloßen Aberglauben anhing. Würde er sich solche Mühe geben, nur um die Möglichkeit auszuschließen, dass ein Gespenst ins Haus kam? Ich konnte zu keinem anderen Schluss kommen, als dass das Gespenst von Jade Green in dem Haushalt vielleicht kein Fremdling wäre und dass deshalb jeder Gegenstand der Erinnerung an sie aus dem Hause entfernt worden war. Von jedem Gegenstand der Erinnerung vielleicht, außer von dem Blut auf der Speichertreppe, das nicht einmal Mrs. Hastings jemals wieder betrachten wollte.

»Nein, nein, Judith, ich habe den burgunderfarbenen Putz verlangt«, hörte ich Helene sagen. Ich entschuldigte mich wortreich und beschloss, meine Gedanken auf die

Arbeit zu konzentrieren, was auch immer in der Sparrow-Villa passieren mochte.

Als ich an diesem Nachmittag nach Hause kam, bestand Mrs. Hastings darauf, dass ich mich ausruhte, aber ich überzeugte sie davon, dass sie mich lieber im Garten spazieren gehen ließ. Der Himmel war bewölkt, die Sonne nirgendwo zu sehen, aber die Luft war warm; das Gemüse und die Blumen zeigten frische Knospen und Blüten. Es wehte eine Brise, die einen Hauch von Sommer an sich hatte. Deswegen war ich sicher, es täte mir besser, hier herumzuspazieren als in meinem Zimmer im Bett zu liegen. Der alte Gärtner deutete ohne Worte auf einen Busch, der gerade zu blühen anfing. Sein Duft war so süß, dass ich schon allein davon ruhiger wurde.

Es gab jedoch zu viele Dinge, die mich beunruhigten, als dass ich meine Sorgen völlig vergessen konnte. Einmal wusste ich nicht mehr, wie ich mich Charles gegenüber verhalten sollte. Als er an diesem Abend zum Essen kam, beobachtete ich ihn, während wir das Hühnchen in Sahnesauce aßen. Als er das bemerkte, bedachte er mich mit einem schiefen Grinsen, das eher beunruhigend als angenehm wirkte. Ich war zunächst so überzeugt davon gewesen, dass nur er sich in meinem Zimmer aufgehalten und mich in meinem Bett berührt haben konnte, so dass ich nach Mrs. Hastings geschrien hatte. Dennoch war ich jetzt ganz sicher, dass ich mich geirrt hatte. Einen Augenblick schien er mich wie ein liebevoller Bruder zu necken, dann warf er mir wieder eine Grobheit an den Kopf.

Vielleicht ist das so die Art von Männern und Brüdern, dachte ich. Was konnte ich als Einzelkind schon davon wissen, wie sie sich verhielten? War es nicht richtig, wenn innerhalb einer Familie alle offen ihre Meinung sagten? Wenn man schon nicht bei Tische sagen kann, was man auf dem Herzen hat, wo kann man sich denn dann noch offen äußern? Aber die Art und Weise, wie er mit den Augen meinen Körper abtastete, wie damals, als er die Finger über die Knöpfe auf meinem Oberteil hatte gleiten lassen, zusammen mit Zekes Warnung, mich vor Charles in Acht zu nehmen ... all das beschäftigte mich. Ich hatte einfach nicht das Vertrauen, das man gegenüber einem Bruder empfinden sollte.

Dennoch war ich während der Mahlzeit ganz munter und unterhielt meine neue Familie mit Geschichten von Kundinnen, die in das Hutgeschäft kamen, von dem Pudel, der den Hut seiner Herrin gefressen hatte, und so weiter.

Mrs. Hastings lachte herzhaft und war, bildete ich mir ein, froh über eine Aufheiterung während des Abendessens. Sogar auf dem Gesicht meines Onkels entdeckte ich ein Schmunzeln. Charles seinerseits erzählte, dass er zum Friseur gegangen war, um sich die Haare schneiden zu lassen, und dass dort einem kleinen Jungen zum ersten Mal die Locken gekürzt worden waren und er, wie Charles berichtete, auf seine Haare am Boden gedeutet und geweint hatte: »Schaut sie an! Sie sind tot!«

Wir lachten wieder, und als ich später nach oben ging,

fragte ich mich, ob ich mich nicht vielleicht insgesamt getäuscht hatte, was meine Familie anbetrifft. Als ich jedoch wieder in meinem Zimmer war, überkam mich ein Unbehagen, und trotz der Wärme des Abends fröstelte mich. Ich setzte mich ans Fenster und versuchte das Wohlbehagen zurückzuholen, das ich an diesem Nachmittag im Garten empfunden hatte. Aber ich ertappte mich dabei, wie ich wiederholt über die Schulter ins Zimmer zurückblickte und dort eine unsichtbare Anwesenheit spürte. Ich weiß nicht, woher dieses Gefühl kam, denn ich hörte nichts Besonderes und fühlte auch nichts.

Ich will ein Bad nehmen, dachte ich. *Vielleicht beruhigt mich das.* Als ich mich jedoch dieses Mal umdrehte, um aufzustehen, musste ich vor Entsetzen keuchen und nach Luft schnappen. Denn da lag auf meinem Teppich eine Hand, eine Menschenhand. Die rechte Hand eines Mädchens, abgetrennt vom Arm und vom restlichen Körper.

Ich ließ mich zurück auf den Fenstersitz gleiten und drückte mich gegen das Glas. Die Hände hielt ich auf den Mund gepresst. Ich versuchte zu schreien, aber ich bekam keine Luft, und aus meiner Kehle kam kein Laut. Ich konnte nur auf die gespenstische Erscheinung starren – die schlaffen, weißen Finger, das zarte Handgelenk und dann den zerfetzten Stumpf, auf dem getrocknetes Blut zu sehen war, die durchtrennte Verbindung von Knochen, Muskeln und Haut …

Und dann noch schrecklicher: Plötzlich begannen die Finger sich zu bewegen, die Handfläche erhob sich, bis sie aufrecht stand wie irgendein fremdartiges urzeitliches Geschöpf.

Ich zog die Füße hoch zu mir und saß keuchend und zitternd da, während die Finger rasch über den Fußboden krabbelten und die Hand in die Dunkelheit unter meinem Bett verschwand.

Zehn

Ich rührte mich nicht, gab keinen Laut von mir und blieb wie festgefroren sitzen.

Sollte ich zur Tür laufen? Ich überlegte. Ich stellte mir vor, wie ich die Treppe hinunter und in den Salon rannte und berichtete, was ich gerade gesehen hatte. Wer würde mir glauben? Und was lag unter dem Bett? Vielleicht der ganze Körper des Mädchens? Meine Zähne klapperten so heftig, dass ich meinen Unterkiefer festhalten musste, um sie zu beruhigen.

Als die Minuten vergingen, ohne dass etwas passierte, wusste ich, dass ich meinen ganzen Mut zusammennehmen sollte, zusammennehmen *musste*, um unter das Bett zu schauen, bevor ich meinen Onkel und Mrs. Hastings herbeiholte. Wenn sich da die Leiche befand, musste ich sie vorher warnen, denn sicherlich könnte sonst der Schock, wenn er schon *mir* fast den Verstand raubte, diese beiden teuren Menschen das Leben kosten. Ich saß da, beobachtete den Fußboden und wartete, wartete darauf, dass sich die Hand wieder zeigte. Aber es gab keinerlei Geräusch, keinerlei Bewegung.

Ich atmete schnell und trotz eines Kälteschauers rann mir der Schweiß den Rücken hinab. Langsam beugte ich mich nach unten, ergriff eine Ecke des Bettüberwurfs und bückte mich dann, bis ich unter den Bettrahmen blicken konnte. Unter dem Bett war es dunkel, ich starrte ins Schwarze und suchte nach irgendeinem Anzeichen für die weißen Finger, aber es war nichts mehr zu sehen.

Was sollte ich tun? Wem sollte ich davon erzählen? Wenn es tatsächlich eine Gespensterhand war, die Jade Green gehörte, würde mein Onkel fragen: *Du hast doch nicht etwa irgendetwas Grünes mitgebracht, oder doch?* Ich müsste dann mein Verschulden zugeben und würde zu Recht aus dem Hause gewiesen. Ich saß in der Falle.

Schließlich fasste ich genügend Mut, um meine Kerze anzuzünden und neben dem Bett niederzuknien. Die Flamme zitterte und warf einen gelben Schein auf den Boden. Aber der Raum unter meinem Bett war leer. Die Hand war verschwunden.

Wie sollte ich hier weiterleben? Wie konnte ich jemals wieder schlafen? Schon wenn ich das, was ich gesehen hatte, nur irgendjemandem gegenüber erwähnte, und sei es lediglich gegenüber Violet Morrison, würde ich vielleicht als Verrückte eingesperrt werden, erst bemitleidet und dann vergessen. Und hinter dieser Sorge verbarg sich die noch größere, dass es vielleicht überhaupt keine Hand gegeben hatte und mich mein Verstand im Stich ließ wie einst meine Mutter der ihre.

Als der Morgen dämmerte, hatte ich nicht mehr geschlafen als hier und da ein paar Minuten. Benommen ging ich zum Frühstück hinunter. Meine Augen waren verquollen und gerötet.

Charles schien sich über mein Unwohlsein zu amüsieren. »Was fehlt dir, Waisenkind? Du siehst aus wie ein Wrack!«, sagte er. »Ist etwas nicht in Ordnung mit deinem Bett?«

»Nein, ich war nur unruhig«, sagte ich. »Sicherlich werde ich kommende Nacht wieder besser schlafen.«

Mrs. Hastings betrachtete mich über ihren Haferbrei hinweg. »Das musst du tatsächlich oder ich lasse dich nicht mehr im Hutgeschäft arbeiten«, erklärte sie. »Es besteht keine Notwendigkeit dafür! Wenn die Arbeit zu viel für dich ist, dann hörst du damit auf!«

Das machte mir wirklich Sorgen, denn ich wollte ja eine Arbeit haben und mein eigenes Taschengeld. Ich wollte mit Violet befreundet sein und andere Dinge tun, als nur zu Hause zu sitzen, egal wie gern ich die Köchin hatte. Diese Sorge und mein Schlafmangel brachten mich noch mehr durcheinander, denn wenn ich bei Helene keine gute Arbeit leistete, würde sie mich von sich aus fortschicken.

Ich quälte mich durch den Vormittag, so gut ich konnte, und war enttäuscht, als es zur Mittagszeit regnete und Violet und ich nicht draußen auf der Bank in der Sonne sitzen konnten.

»Pass auf«, sagte Violet. »Ich gehe nach nebenan und hole unsere Fleischpasteten und wir essen sie hier hinten. Helene geht am Freitag zur Bank, also haben wir den

Platz ganz für uns allein. Wir können vornehme Damen sein, die gekommen sind, um sich Hüte zu kaufen, und probieren alle Modelle im Laden an, die uns gefallen.«

Wider Willen musste ich über ihren Plan lächeln, und als sie zurückkehrte, setzte ich mich bereitwillig mit ihr hin. Wir deckten ein Tuch über den Tisch im Hinterzimmer und drehten das Schild im Fenster um, damit uns keine Kundinnen beim Mittagessen störten. Dann machten wir es uns bequem zum Essen und Erzählen, während der Regen die Fenster hinabströmte und auf das Dach prasselte.

»Liebes Gottchen, das ist ja ein richtiges Unwetter!«, sagte Violet, während sie zum Fenster hinausschaute und aß. »Fast wie ein Hurrikan. Davon erleben wir jede Menge hier in Whispers. Wäre mir schon recht, wenn ich nie mehr einen zu sehen bekäme.«

Als wir unsere Pasteten aufgegessen hatten, überlegten wir, ob wir zum *Krug* gehen und Kekse und Ale holen sollten. Aber wir entschieden, dass es nicht das richtige Wetter war, um noch einmal hinauszugehen.

»Helene ist wahrscheinlich in der Bank hängen geblieben. Wenn sie bei diesem Wetter auf die Straße geht, ruiniert sie ihr Seidenkleid«, sagte Violet. »Also, was sollen wir tun, bis sie zurückkommt?« Dann fuhr sie scherzhaft fort: »Wir könnten uns natürlich Gespenstergeschichten erzählen.«

»Lieber nicht«, sagte ich. »Ich habe so schon genug Probleme damit, im Hause meines Onkels Schlaf zu finden.«

»Warum?«, fragte Violet mit einem Grinsen. »Hörst du Stöhnen und klirrende Ketten?«

»Nein, nichts dergleichen.«

»Schreie und Flüstern?«

»Nein, auch das nicht.« Und plötzlich fragte ich: »Violet, weißt du, warum Jade Green sich umgebracht hat? Hat man das jemals herausgefunden?«

Violet schüttelte den Kopf und wischte sich die Krümel vom Kleid. »Sie hat keinen Abschiedsbrief hinterlassen oder irgendwelche Geheimnisse enthüllt. Für Mrs. Hastings war es wohl ein fürchterlicher Schock, weil sie nichts Derartiges von ihr erwartet hatte.«

»Hat ... hat dir jemand mal erzählt, wie sie sich das Leben genommen hat? Hat sie sich vergiftet?« Ich dachte an den Text von »Springfield Mountain«, ihrem Lieblingslied.

Jetzt senkte Violet die Stimme, obwohl wir beide allein im Geschäft waren. »Das ist das Allermerkwürdigste, Judith, und die letzte Art und Weise, wie ich mich jemals töten würde.«

»Wie denn?«

»Sie ist verblutet. Hat sich die eigene Hand abgeschnitten.«

Ich griff mir an den Magen.

»Furchtbar, nicht? Man sagt, sie hat den ganzen Fußboden voll geblutet.« Und dann sah sie mich an und rief: »Judith, du bist ja käseweiß! Ich hätte es dir nicht sagen sollen! Du musst schließlich dort wohnen.«

»Es ist schon in Ordnung«, beruhigte ich sie. »Ich hätte das sowieso herausbekommen.«

Aber meine Finger und Zehen waren plötzlich eiskalt geworden.

Um mich so schnell wie möglich zu beschäftigen, machte ich mich sofort an die Arbeit. Endlich kam Helene zurück und berichtete, sie habe Zeke bei der Mietstallung getroffen, und er würde um fünf Uhr mit einem Schirm vorbeikommen, um mich vor dem Regen zu schützen. Darüber war ich sehr froh.

Aber als der Arbeitstag vorüber war und ich auf den Wagen kletterte, hatte der Regen aufgehört, und man brauchte keinen Schirm mehr, wenn auch noch graue Wolken über den Himmel jagten. Ich war jedoch so nervös, dass mir alles wie ein schlimmes Vorzeichen vorkam.

»Zeke«, sagte ich bekümmert, »ich möchte dich um einen Gefallen bitten.«

»Natürlich«, sagte er.

»Warte in einer halben Stunde am Ende des Gartens bei der Allee. Ich möchte dir etwas geben«, bat ich ihn.

Er sah mich mit einem überraschten Lächeln an. »Als ob ich ein Geschenk von dir ausschlagen könnte«, sagte er.

»Versprich mir, dass du kommst!«, flehte ich ihn an.

Er gab mir einen noch merkwürdigeren Blick. »Natürlich. Was ist denn los, Judith?«

Ich versuchte heiter zu wirken.

»Nichts!«, sagte ich mit der Andeutung eines Lachens.

»Ich will dir nur ein Geschenk geben, weil du mich immer nach Hause fährst.«

Er setzte mich am Tor zum Hause des Onkels ab und ich eilte über den Zugang und die Stufen zur Tür hinauf. Drinnen rief ich Mrs. Hastings zu, ich würde etwas später mit ihr Tee trinken; dann rannte ich sofort auf mein Zimmer.

Jedes Mal, wenn ich die Tür zu meinem Wandschrank öffnete, tat ich dies jetzt voll ängstlicher Erwartung, und als ich meine Hand auf den Türgriff legte, machte ich mich darauf gefasst, irgendetwas Grauenhaftes zu erblicken. Mein Zimmer war keine sichere Zuflucht mehr, kein Refugium vor den Sorgen des Tages, und wenn ich in Whispers bleiben sollte, musste sich daran etwas ändern. Ich wusste, dass ich den Bilderrahmen, den mir meine Mutter gegeben hatte, so teuer er mir auch war, loswerden musste, damit wieder Friede in das Haus meines Onkels einkehren konnte.

Ich holte tief Luft und drehte den Türknauf. Mein Blick war auf den Boden des Wandschranks gerichtet und ich suchte nach der abgetrennten Hand. Aber alles schien in Ordnung. Ich fasste wieder Mut und kroch nach hinten unter die Dachschräge und öffnete den Deckel meines Koffers.

Alles schien so, wie es sich gehörte, und ich entschied, dass ich sowieso meine Sommerkleider auspacken sollte. So machte ich mich an die Arbeit und nahm eines nach dem anderen heraus und legte sie neben mich auf den

Fußboden. Das gerahmte Photo lag noch genau so da, wie ich es zurückgelassen hatte – mit dem Gesicht nach unten auf dem Grund des Koffers.

Ich nahm es in eine Hand, die Kleider in die andere, verließ den Wandschrank und legte meine Kleider über einen Stuhl. Dann wischte ich den Rahmen an meinem Rock ab, drehte das Photo um. Ein Schrei blieb mir im Halse stecken. Denn ich blickte nicht auf das liebevolle Gesicht meiner Mutter, sondern auf das einer Fremden, eines Mädchens in meinem Alter in einem Baumwollkleid, das mich mit frechen Augen anstarrte.

Erschrocken warf ich das Bild aufs Bett und griff mir mit der Hand an die Brust. Jade Green! Sie musste es sein. Sie hatte von meinem Rahmen Besitz ergriffen, von meinem Koffer, meinem Zimmer und, soweit ich wusste, auch von meinem Verstand. Wo sollte das noch enden?

Ich hielt mich mit den Armen umschlungen. Zitternd lehnte ich an der Wand. Schließlich erinnerte ich mich aber, dass Zeke am Ende des Gartens auf mich wartete, und ich raffte all meinen Verstand wieder zusammen. Ein Bild ist nur ein Bild, sagte ich mir und ging zum Bett, um den Rahmen zu holen und die Photographie daraus zu entfernen. Als ich sie aber noch einmal betrachtete, war es wieder die Photographie meiner Mutter.

Mein Atem kam flach in schwachen, kurzen Stößen. Ich nahm das Bild meiner Mutter aus dem Rahmen und legte es zurück in den Koffer. Dann suchte ich in meiner Schachtel mit Photographien, bis ich eine von mir in der passenden Größe fand. Sie war aufgenommen worden, als ich zehn Jahre alt war. Sie sah mir nicht sehr ähnlich, aber es war das einzige Bild, das in den Rahmen passte. So steckte ich es denn hinein.

Liebevoll ließ ich einen Finger über das grüne Gewebe gleiten. Dann wickelte ich das gerahmte Bild in Seidenpapier und ging die Treppe hinab. Das Päckchen verbarg ich in den Falten meines Rockes.

»Das Wasser kocht, Judith. Trink etwas Tee«, rief Mrs. Hastings.

»Gleich«, rief ich zurück. »Zeke hat mich heute Nachmittag nach Hause gefahren, als ich eigentlich einen Fußmarsch brauchte. Deshalb würde ich gerne erst etwas im Garten spazieren gehen und dann trinken wir zusammen Tee.«

Just als ich die Türe öffnen wollte, kam sie in den Wintergarten. »Es ist matschig draußen, mein Kind. Pass auf, wo du hintrittst.«

»Das mache ich«, sagte ich. Dann ging ich hinaus und durch die Hecken, bis ich vom Hause aus nicht mehr zu sehen war.

Der Garten erstreckte sich weit nach hinten und endete an der Allee. Ich begann zu laufen. Ich wollte den Rahmen loswerden, der mir so viel Kummer bereitet hatte. Nie hatte ich gedacht, dass ich mich von dem Geschenk meiner Mutter trennen würde, aber ich wusste, ich würde nicht mit der Gespensterhand im Haus leben können. Je länger ich den Rahmen festhielt, desto verzweifelter wollte ich ihn loswerden, und bald rannte ich, ohne auf die Pfützen zu achten, rutschte und glitschte den matschigen Weg durch das Labyrinth der Hecken entlang, bis ich zu einer Abzweigung kam. Eilig bog ich um die Ecke und rannte direkt gegen meinen Vetter Charles.

ELF

Charles packte mich am Handgelenk und hielt mich fest, während ich mich verzweifelt bemühte, mit der anderen Hand mein kleines Päckchen hinter dem Rücken zu verstecken.

»Aha!«, rief er mit hämischem Grinsen. »Und wohin will unser Waisenkind?« Er drehte mich herum, so dass ich ihm ins Gesicht blicken musste. »Na? Deine Wangen sind so rot, du musst auf dem Weg zu einem Liebsten sein.«

»Ich habe keinen Liebsten«, entgegnete ich. »Ich mache nur einen Spaziergang im Garten.«

Charles zog mich dichter an sich heran. Ich blieb jedoch stehen, wo meine Füße waren.

»Das war kein Spaziergang, Waisenkind, du bist gerannt!«, sagte er. »Und wie du in Eile bist! Aber wenn du keinen Liebsten hast, wie wäre es mit einem Kuss für deinen Cousin?«

»Nein, Charles!«, sagte ich und versuchte mich von ihm loszureißen. »Bitte …«

Er packte mich jedoch noch fester an der Hand, als wollte er mich niederzwingen. Ich stieß einen kleinen Schrei aus: »Nein! Hör auf!«, und schlug mit dem Bilderrahmen nach ihm.

Schritte kamen den Weg entlang von der Allee her, dann ertönte Zekes Stimme: »Judith? Wo bist du? Was ist passiert?«

Sofort ließ Charles meine Hand los.

»Aha!«, sagte er wieder. »Du wolltest dich also doch mit einem Liebsten treffen! Und was hast du da? Mein Familiensilber? Bestiehlst du meinen Vater hinter seinem Rücken?«

»Nein«, schrie ich in dem Moment, als Zeke um die Hecke herumkam.

Charles blickte uns beide voller Verachtung an und richtete sich hoch auf. »Guten Tag«, sagte er steif zu Zeke und entfernte sich rasch auf dem Wege zum Haus. Ich hatte keine Ahnung, was er meinem Onkel erzählen würde.

Ich packte Zeke bei der Hand und eilte mit ihm zu der Allee, damit man uns nicht hören konnte.

»Was ist passiert?«, fragte er. »Was ist los?«

»Es war nur Charles, der sich wie Charles benommen hat«, versuchte ich das soeben Geschehene abzutun. Und dann bemühte ich mich, diesem ganz und gar nicht alltäglichen Tag doch noch den Anschein des Alltäglichen zu geben, und überreichte meinem Freund das in Seidenpapier eingeschlagene Päckchen. »Bitte, heb das für mich auf, Zeke«, sagte ich. »Und danke, dass du so freundlich warst.«

Verwirrt starrte er auf das Päckchen, dann nahm er es in die Hand und wickelte langsam das Papier ab. Nach den Vorgängen in meinem Schlafzimmer hatte ich keine

Ahnung, was er sehen würde, wenn er das gerahmte Bild betrachtete. Aber da war tatsächlich das Bild von mir im Alter von zehn Jahren, ganz so, wie ich es eingewickelt hatte.

Er starrte es lange an, während mir die Röte in die Wangen stieg. Schließlich fragte er: »Bist du das, Judith?«

»Ja«, sagte ich höchst unbehaglich. »Es … es ist das einzige Bild von mir, das ich jetzt habe. Das einzige, das in den Rahmen passt. Es wurde aufgenommen, als ich zehn war.«

Je mehr ich sprach, desto grotesker kamen mir meine Erklärungen vor, aber den meisten Kummer machte es mir, mich von dem Rahmen selbst zu trennen. Ich konnte ihn kaum aus der Hand geben.

»Ich hoffe, du hast nicht das Gefühl, du müsstest mir etwas schenken, nur weil ich dich nach Hause gefahren habe«, sagte er. »Aber ich werde es natürlich immer aufbewahren.«

Als ob mir nicht schon unbehaglich genug zumute wäre, sagte ich: »Oh, du brauchst es nicht für immer aufzubewahren; du kannst es immer noch zurückgeben, wenn … wenn …«

Unbeschreiblich verwirrt und verlegen drehte ich mich um und floh den Weg zurück wie ein dummes Kind von sechs Jahren. Mit flammend roten Wangen platzte ich in Mrs. Hastings' Küche.

»Mein Gott, was ist los?«, sagte sie. »Hast du Fieber, mein Mädchen?«

Meine Verlegenheit wurde noch dadurch verstärkt, dass sie gerade Charles eine Tasse Tee einschenkte. Todernst saß er am Tisch und beobachtete mich, als ich Platz nahm.

»Sie ist eine Herumtreiberin, Mrs. Hastings«, sagte er. »Mal hier, mal dort … trifft sich mit jungen Männern am Ende des Gartens.«

»Was?« Mrs. Hastings stellte den Zucker hin und sah mich an.

»Es war nur Zeke«, sagte ich.

»Ich habe nichts gegen Zeke Carey«, sagte Mrs. Hastings. »Aber warum konnte er nicht zur Tür kommen, Judith?«

»In der Tat, warum nicht?«, rief Charles. Oh, wie abscheulich ich ihn in diesem Moment fand, wenn er mir solche Dinge unterstellte und das auch noch vor Mrs. Hastings.

»Nun, wir wollen keine weiteren heimlichen Treffen am Ende des Gartens, mein Mädchen. Er soll sich ins Wohnzimmer setzen, wie man es von jungen Männern erwartet, wenn sie kommen, um jemandem den Hof zu machen. Wenn du ihn in der Allee triffst, wird das die Leute nur zum Tratschen bringen und« – hier machte sie mit dem Sahnekännchen in der Hand eine Pause –, »wir wissen *alle*, wie schnell ein guter Ruf durch Gerede ruiniert wird«, sagte sie und blickte Charles dabei direkt an.

Er hielt den Mund. Mir jedoch war zu jämmerlich zumute, um jetzt noch Tee zu trinken, und so schützte ich Kopfschmerzen vor und ging nach oben.

Als ich an der Tür zu Jade Greens altem Schlafzimmer vorbeikam, hielt ich an und starrte lange auf die Tür zum Speicher, bis ich all meinen Mut zusammengenommen hatte. Dann betrat ich rasch den Raum, ging um das Bett herum und riss die schmale Tür auf. Der Handschuh war verschwunden. Auf den Treppenstufen war mit Ausnahme des Blutflecks nichts zu sehen.

Wieder in meinem Zimmer legte ich mich aufs Bett und überdachte alles, was passiert war. Wenn Charles in der Nähe gewesen war, dann hätte gut und gerne er den Handschuh auf die Speichertreppe legen können, damit ich ihn finde, und er hätte ihn auch leicht wieder wegnehmen können. Das erklärte natürlich keineswegs die Hand – die schreckliche Gespensterhand. Aber wenigstens hatte ich den Bilderrahmen aus dem Haus entfernt, und würde ich jetzt gefragt, so könnte ich wahrheitsgemäß antworten, dass sich nichts Grünes in meinem Zimmer befand oder an meiner Person oder an sonst einem Gegenstand in meinem Besitz.

Während ich mich entspannte, horchte ich auf die Geräusche in meiner Umgebung – Mrs. Hastings' Stimme weit entfernt in der Küche, den Lärm einer Kutsche draußen auf der Straße, das Zwitschern von Vögeln. Aus dem Wandschrank kam kein einziger Laut.

Beim Abendessen fühlte ich mich besser und freute mich auf den Lammbraten, den Mrs. Hastings uns vorsetzte.

Ich erzählte Onkel Geoffrey, wie fürchterlich es um die

Mittagszeit geregnet hatte und dass ich nicht wieder ohne Regenschirm weggehen würde.

Als mich jedoch Vetter Charles unterbrach, war ich schockiert.

»Du solltest auf sie aufpassen, Vater«, sagte er. »Sie wird dieses Haus noch mit mehr als einem Schirm verlassen. Ich wäre überhaupt nicht überrascht, wenn sie das Familiensilber mitgehen ließe.«

»Charles!«, rief Mrs. Hastings.

Ich war zu perplex, um zu antworten.

Onkel Geoffrey stellte sein Weinglas ab. »Und worauf stützt du deine Beschuldigung, Charles?«, fragte er.

»Ich habe sie erwischt, wie sie heute Nachmittag durch den Garten zur Allee gelaufen ist, Vater. Sie sah sehr schuldbewusst aus, sehr aufgeregt, und hatte ein Päckchen in ihrem Rock versteckt. Ich habe versucht sie zu befragen, aber sie hat sich losgerissen und ist gerannt, um Zeke Carey zu treffen. Als sie zurückkam, hatte sie nichts mehr in der Hand.«

Ich war den Tränen nahe, aber so wütend, dass es mir die Stimme verschlug. »Beschuldigt Ihr mich des Diebstahls, Sir?«, fragte ich mit bebender Stimme und blickte Charles direkt an.

»Ich habe nicht gesagt, dass du gestohlen hast, Cousine. Ich habe nur gesagt, es lohnt sich, auf dich aufzupassen, das ist alles«, entgegnete er.

Mrs. Hastings sah mich prüfend an. »Was du Zeke gibst, ist deine Angelegenheit, mein Mädchen, aber …«

»Es war ein Bild«, platzte ich mit hochrotem Kopf heraus. »Eine Photographie von mir, sonst nichts.«

»Du hast ihm dein Bild gegeben, Judith?«, fragte Mrs. Hastings nach. Sie war eher überrascht als ärgerlich. »Na, so was!« Sie lächelte ein wenig. »Sieh mal einer an!«

Daraufhin meldete sich Onkel Geoffrey zu Wort. »Du hast völlig Recht, Emma. Das ist Judiths Angelegenheit, nicht unsere, und ich möchte nichts mehr davon hören. Und Charles, da du selbst immer betonst, wie sehr dir jeder Tratsch zuwider ist, gehe ich davon aus, dass du uns in Zukunft bei Tisch keinen weiteren liefern wirst.«

Das Gesicht von Charles verriet keinerlei Regung. Ich aber war verblüfft und dankbar zu hören, dass Onkel Geoffrey meine Partei ergriffen hatte. Tatsächlich war mir bei meinem Onkel in letzter Zeit eine kleine Veränderung aufgefallen – ein Lächeln, das seine Miene erhellte, wenn ich den Raum betrat. Kleine Nachfragen ab und an nach meiner Gesundheit, meinem Wohlbefinden, nach meinen Vorlieben und Abneigungen. Ich merkte auch, dass er sich sehr freute auf die Zeit im Salon nach dem Essen, wenn ich ihm einige seiner Lieblingsmelodien spielte, während die untergehende Sonne durch das bunte Glas im Oberlicht über dem Seitenfenster schien und einen bunten Regenbogen auf die Wand malte.

Auch Mrs. Hastings hatte ihre Vorlieben, und wenn das Geschirr abgewaschen und der Boden aufgewischt war, gesellte sie sich oft mit ihrer Stickerei zu uns, schlüpfte aus ihren Schuhen und bat um ein Lied, das ich dann für sie auf dem Klavier zu spielen versuchte. Manchmal summte sie sogar mit.

Vor der Nacht jedoch fürchtete ich mich. Ich wusste, ich würde bald herausfinden, ob ich die Hand, jene entsetzlich makabre Hand, vertrieben hatte, indem der grüne Bilderrahmen aus meinem Zimmer verbannt war, oder ob Jade Green noch immer unter uns weilte.

So sagte ich, als Charles an diesem Abend gegangen war und Onkel Geoffrey unten die Fenster zu schließen begann, ihm und Mrs. Hastings gute Nacht und ging hinauf auf mein Zimmer.

Die Luft war warm, fast zu warm für eine Bettdecke, und so lag ich in meinem Nachthemd und hatte nur die Füße leicht zugedeckt. Genau so wie ich das an diesem Nachmittag getan hatte, horchte ich jetzt auf jedes einzelne Geräusch in meinem Zimmer – jedes Kratzen, Trippeln, Rascheln oder Knarren.

Es gab jedoch überhaupt nichts zu hören, und ich dachte, welch ein Glück es wäre, wenn ich das Sparrow-Haus durch die Entfernung der Farbe Grün gleichzeitig auch von Jade befreit hätte.

Ich versuchte, nicht an Charles zu denken und wie ich ihn am Nachmittag erzürnt hatte, als ich ihm einen Kuss verweigerte. Wie er als Rache so fürchterliche Beschuldigungen vor seinem Vater und Mrs. Hastings erhoben hatte. Es sah fast so aus, als ob wir für immer Feinde sein sollten.

Bald versank ich jedoch in einen ganz köstlichen

Schlummer, und als ich ein- oder zweimal halb erwachte, fühlten sich der Schlaf, das Bett, mein Kissen alle so bequem an, dass ich mich ihnen immer wieder überließ.

Aber irgendwann in der Nacht, vielleicht um zwei oder drei Uhr, wurde ich langsam durch den Klang von Musik ins Bewusstsein zurückgeholt.

Konnte es sein, dass ich immer noch träumte?, fragte ich mich. Gab es Nachtschwärmer vor meinem Fenster, die von einem Fest nach Hause gingen? Oder war es schon Morgen und Mrs. Hastings sang, während sie die Brötchen buk?

Als ich jedoch ganz wach wurde, merkte ich, dass es überhaupt keine Stimme war, die ich hörte, sondern vielmehr eine einfache Melodie, und die Worte dazu liefen mir durch den Kopf:

Tuh ruh de nai, tuh ruh de nuh,
Tuh ruh de nai, tuh ruh de nuh.

ZWÖLF

Als ich diese Melodie hörte, wurde mir so kalt, dass ich heftig zu zittern begann. Das Lied kam nicht aus meinem Wandschrank oder meinem Zimmer, sondern von irgendwo weit weg im Hause. Aber so verängstigt ich auch war, ich musste herausfinden, von woher.

Ich stieg aus dem Bett, zündete meine Kerze an und ging damit zur Tür.

Tuh ruh de nai, tuh ruh de nuh … ertönte die Melodie aus dem unteren Stockwerk herauf. Ich ging auf den Korridor hinaus. War ich die Einzige, die das hören konnte?

Langsam stieg ich die lange Treppe hinab. Dabei hielt ich die Kerze weit vor mich hin, um auf meinen Weg zu leuchten, nicht auf mein Gesicht. Noch langsamer durchquerte ich die Diele, als ich unten war, und betrat den Salon.

Durch das Fenster fiel das Mondlicht auf den rosa Stuhl beim Schreibtisch, das Getränkekabinett, die Kissen, die Uhr. Es schien auch auf den Flügel, und als ich einen weiteren Schritt vorwärts machte, um besser sehen zu können, erblickte ich die Hand, die abgetrennte Hand, wie sie die Tasten berührte.

Die Musik verstummte, und die Hand drehte sich um,

als ob sie mich betrachtete. Mit einem gedämpften Schrei floh ich aus dem Raum. Ich hielt noch immer die Kerze in der Hand, stolperte die Treppe hinauf, verfing mich dabei im Saum meines Nachthemdes.

Tuh ruh de nai, tuh ruh de nuh … kamen die letzten Töne der Melodie. Dann herrschte Stille.

Als ich endlich wieder im Bett mit dem Kopf unter der Decke lag, hielt ich mich mit den Armen umklammert, um mein Zittern zu unterdrücken. Ich hörte andere Schritte im Korridor, die leise Stimme von Onkel Geoffrey, das Öffnen einer Tür, dann Gemurmel von Mrs. Hastings. Die Schritte näherten sich meinem Zimmer und hielten davor an. Schließlich gingen sie dahin zurück, wo sie hergekommen waren, und das Haus versank wieder in Schweigen.

Ich dagegen glaubte nicht, dass für mich je wieder Friede herrschen könnte. Ich hatte das Gespenst von Jade Green aufgeweckt, indem ich ihre Farbe in meinem Koffer ins Haus gebracht hatte, und nun schien es, als ob ich es auf das Haus losgelassen hätte. Was immer mit uns noch geschehen sollte, wusste nur der Herr im Himmel.

Der folgende Tag war ein Sonntag. Da ich in den frühen Morgenstunden so schlecht geschlafen hatte, blieb ich lange im Bett. Als ich nach unten kam, stellte ich fest, dass Mrs. Hastings und mein Onkel bereits im Garten frühstückten. Charles kam sonntags selten rechtzeitig zum Frühstück, und ich freute mich immer auf diesen einen

Morgen in der Woche, an dem ich vor den Blicken und Bemerkungen meines Cousins sicher war. Heute jedoch fühlte ich mich noch so mitgenommen von den Ereignissen der vergangenen Nacht, dass ich lieber ganz allein gegessen hätte. Aber Mrs. Hastings sah mich in der Küche und winkte mir zu, mich zu ihnen zu gesellen.

Ich trug meinen Teekuchen zum Tisch hinaus und setzte mich neben meinen Onkel.

»Guten Morgen, Onkel Geoffrey«, sagte ich. »Und auch Euch einen guten Morgen, Mrs. Hastings.«

»Einen angenehmen guten Morgen wünsche ich dir, mein Mädchen«, antwortete sie und betrachtete mein Gesicht. »Und wie hast du geschlafen?«

»Es war eine unruhige Nacht, aber es ging«, erwiderte ich.

Auch Onkel Geoffrey beobachtete mich. »Hat man dir je gesagt, dass du dazu neigst, im Schlafe zu wandeln, Judith? Dass du möglicherweise schlafend herumläufst und Dinge tust, an die du dich vielleicht morgens nicht mehr erinnern kannst?«

Ich versuchte die Frage auf die leichte Schulter zu nehmen. »Wenn ich das täte, Onkel, dann wäre ich sicherlich die Letzte, die das wüsste.«

»Du erinnerst dich nicht daran, letzte Nacht nach unten gegangen zu sein und ein Lied auf dem Klavier gespielt zu haben?«

»Wie sollte ich mich daran erinnern, wenn ich es getan hätte?«, erwiderte ich. »Aber warum fragt Ihr?«

»Nur weil wir beide anscheinend letzte Nacht Klavierspiel gehört haben und auch, wie der Boden an deinem Ende des Korridors geknarrt hat. Aber als wir hinausgekommen sind, um nachzuschauen, war deine Tür geschlossen und du lagst im Bett«, sagte Mrs. Hastings. Dann wandte sie sich an meinen Onkel und fügte hinzu: »Nun, Mr. Sparrow, vielleicht holt uns das Alter ein und wir fangen an zu phantasieren?«

Wie sehr wünschte ich, der guten Frau sagen zu können, dass sie sich keineswegs geirrt hatte, aber dass nicht ich am Klavier gewesen war, sondern die Gespensterhand von Jade Green. Hierzu konnte ich mich jedoch nicht überwinden, denn dann hätte ich zugeben müssen, dass ich den grünen Bilderrahmen mit ins Haus gebracht hatte. Dazu war ich zu feige, denn ich fürchtete, dass ich dann aus dem einzigen Zuhause vertrieben würde, das ich kannte.

In den folgenden Nächten hörte ich keine Musik, noch sah ich die Hand. Tatsächlich war der Sommer über Whispers hereingebrochen mit einer solchen Fülle von Blüten, mit einer Hitzewelle und einer drückenden Feuchtigkeit, so dass ich das Gefühl hatte, mich in einem Dschungel zu befinden. Im Hutgeschäft hatten Violet und ich bei der Arbeit die Vorder- und die Hintertür offen, um so einen Luftzug zu erzeugen. Violet brachte mir bei, ein Hutband anzunähen, ohne dass man die Stiche sah, und ich war stolz darauf, dass meine Näharbeit fast so fein war wie die ihre.

Eines Sonntags kam Zeke zu Hause vorbei und lud mich ein, ihn zu der Bucht zum Fischen zu begleiten. Ich war erstaunt, dass er mich überhaupt wiedersehen wollte, obwohl ich mich im Garten so töricht aufgeführt hatte an dem Tage, als ich ihm mein Bild gegeben hatte. Aber er bestand darauf, dass ich mitkäme, und Mrs. Hastings meinte, es würde mir gut tun. Sie riet mir, meinen ältesten Rock zu tragen, und gab mir ihre Badesandalen aus Gummi, damit ich so auf den Felsen meine Füße schonen könnte.

»Und nimm einen Sonnenschirm mit, meine Liebe, um deine Haut vor der Sonne zu schützen«, sagte sie.

Diesmal wollten wir zu Fuß zum Ozean gehen. Mit dem Angelzeug, dem Picknickkorb, meinem Sonnenschirm, der Decke und den Sandalen sahen wir aus, als zögen wir auf eine Expedition.

»Du bist anscheinend guter Stimmung!«, sagte Zeke, als wir die schattige Straße entlangschlenderten.

»Das bin ich. Ich denke, meine Stimmung ist heute besser, als sie je gewesen ist, seit ich nach Whispers gekommen bin«, entgegnete ich.

Das gefiel ihm, konnte ich sehen.

»Dann muss ich wohl derjenige sein, der dafür verantwortlich ist«, sagte er lächelnd.

»*Du?*«, rief ich lachend. »Was hat das denn mit dir zu tun?«

»Na, denk doch nur, wie enttäuscht du bist, wenn ich nicht da bin, um dich im Wagen nach Hause zu fahren!

Wie sich dein Gesicht aufhellt, wenn du mich kommen siehst!«

»Tut es nicht!«, sagte ich und holte mit dem Sonnenschirm nach ihm aus.

Als wir dann aber an der Ecke in einen schmalen unbefestigten Weg einbogen, berührten wir uns beim Gehen mit den Schultern, und Zeke machte keine Anstalten, auszuweichen, und ich auch nicht. Ich dachte, wie Recht er doch hatte, und wir wurden still, nicht aus Verlegenheit, sondern weil wir unser Zusammensein genossen. Fern vom Sparrow-Haus versuchte ich die Gespensterhand zu vergessen, und es gab Augenblicke, wo ich fast überzeugt war, dass ich sie mir nur eingebildet hatte. Fast – aber nicht ganz.

Die Bucht war ein Stück vom Ozean zurückgesetzt, so dass die Felsen am Rande des Wassers die Gewalt der anrollenden Wogen brachen. Danach floss das Wasser ruhiger in die Bucht herein und glänzte dort friedlich in der Nachmittagssonne, während oben Möwen schwebten und die Brise vom Ozean meinem Gesicht Kühlung zufächelte. Gab es überhaupt einen lieblicheren Ort als diesen?, fragte ich mich.

Eine Zeit lang angelte Zeke, und ich sah interessiert hin, wenn er mir seine Köder zeigte. In der ersten Stunde fing er zwei Fische – einen für jeden von uns, sagte er. Dann entfernte ich mich, kletterte über die moosbedeckten Felsen, lag mit dem Gesicht nach unten auf ihrer kühlen Oberfläche, um die dunklen Spalten zwischen ihnen mit der Hand zu untersuchen. Mrs. Hastings' Gummisandalen erwiesen sich als zu groß für mich, eine rutschte mir vom Fuß und wurde in die Brandung fortgespült.

Ich musste lachen, als Zeke seine Angelrute in den Sand steckte und in das Wasser hinausrannte, um die Sandale zurückzuholen. Als er sie mir zurückgab, krümmte ich mich vor Lachen wegen seiner tropfenden Kleidung. Darauf trug er mich zu meiner Überraschung auf den Armen ins Wasser hinaus, und trotz meines kreischenden Gelächters tauchte er mich in die Brandung.

Ich riss mich los von ihm, meine Kleider klebten mir am Körper, ich lief spritzend zum Strand zurück, Zeke folgte mir und wir fielen zusammen auf die Decke.

Ich war gerade dabei, den Saum meines Kleides auszuwringen und meine nackten Beine mit der Hand abzuwischen, als ich zufällig zu den Felsen oberhalb von uns blickte. Da sah ich zu meinem Erstaunen Vetter Charles, der mit grimmiger Miene auf uns herabschaute.

Ich war zu überrascht, um etwas zu sagen. Auch Charles sprach nicht. Mit zusammengekniffenen Augen beobachtete er einfach mich und Zeke auf unserer Decke. Dann ging er davon.

Dreizehn

Zeke«, sagte ich und wandte mich um. »Charles macht mir Angst! Hast du gesehen, wie er uns von da oben angeschaut hat?«

»Mehr dich als mich«, sagte Zeke.

»Ich mag die Art nicht, wie er mich manchmal beobachtet. Es schickt sich nicht für einen Cousin.«

»Dann solltest du ihm das klar heraus sagen«, meinte Zeke. »Sei nicht schüchtern deswegen.« Er machte den Picknickkorb auf. »Schau her. Wollen wir mal sehen, was uns Mrs. Hastings zum Mittagessen eingepackt hat.« Er gab mir ein hart gekochtes Ei und etwas dunkles Brot. Wir lehnten uns gegen einen Felsen, streckten die nackten Füße aus und genossen unsere Mahlzeit und die Brise, die vom Wasser herwehte.

In diesem Augenblick wünschte ich, ich könnte für den Rest meines Lebens dort bleiben, so wohl fühlte ich mich in der Gesellschaft von Zeke mit dem Sand und der Sonne und dem Ozean. Ich spürte, wie mein Rock in der Brise um meine Beine flatterte und an meinen Oberschenkeln trocknete, und es machte mir überhaupt nichts aus, dass Zeke meine Fesseln sehen konnte. Tatsächlich war ich stolz auf den Spann meines Fußes und die Länge meiner

Zehen und stellte mir vor, wie Mrs. Hastings anerkennend mit der Zunge schnalzen würde, wenn sie mich jetzt sehen könnte.

»Wie lange kennst du schon meinen Vetter Charles?«, fragte ich plötzlich.

»Die Sparrow-Familie kenne ich, solange ich denken kann«, antwortete Zeke. »Ich weiß, wer Charles ist, wenn ich ihn auf der Straße treffe, aber ich habe ihm nie viel zu sagen gehabt und er mir auch nicht. Er ist mehr als doppelt so alt wie ich.«

»Wenn du ihn gar nicht richtig kennst, warum magst du ihn dann nicht und hast mich vor ihm gewarnt, schon bevor ich dir gesagt habe, wie er auf mich wirkt?«, fragte ich.

»Wegen seines Rufes vor allem«, sagte Zeke.

»Und was für ein Ruf ist das?«, fragte ich.

»Nicht so einer, wie ihn sein Vater genießt, da kannst du sicher sein«, sagte Zeke. Dann schlug er vor, dass wir uns den Himbeerkuchen teilten, der im Korb war. So verbrachten wir auf angenehme Weise den Nachmittag. Ich lag auf der Decke und ließ mein Kleid trocknen, und Zeke angelte weiter, ohne allerdings noch etwas zu fangen.

Gegen drei Uhr tauchten dunkle Wolken weit draußen über dem Ozean auf und kamen herangezogen, als ob sie auf den Wellen ritten. Wir packten alles für den Heimweg zusammen. Einmal, als wir die Decke aufhoben, berührten sich unsere Hände. Als Zeke sein Ende des Tuchs zu meinem brachte, berührten sie sich wieder und als Nächstes berührten sich unsere Lippen.

Dieser Kuss, der allererste von einem Mann außer meinem Vater, war so köstlich wie der köstlichste Teekuchen, den ich je gekostet hatte, und machte mir Lust auf mehr.

Aber dann zog sich Zeke etwas zurück, berührte mein Haar und fragte: »Warum hast du mir ein Bild von dir mit zehn Jahren gegeben? Warum keins von dir, wie du jetzt bist?«

»Es … es war das einzige, das ich hatte und das in den Rahmen passt«, sagte ich und wurde rot. »Eines Tages gebe ich dir ein besseres.«

»Mir ist das Bild wichtiger als der Rahmen«, sagte er.

Ach, wie sehr wünschte ich in diesem Augenblick, ihm alles erzählen zu können, meine Seele von allem zu entlasten, was ich im Sparrow-Haus gesehen und gehört hatte! Aber etwas hielt mich davon ab. Nur ich selbst wusste, wie schwer ich gegen den Willen meines Onkels verstoßen hatte, als ich die Farbe Grün ins Haus zurückgebracht hatte.

Und so wanderten wir heimwärts. Bevor Zeke mich hineinschickte, drückte er mir die Hand. Und obwohl die Wolken Regen brachten, einen gewittrigen Sommerschauer, war mein Herz voller Freude über den Nachmittag, und ich wusste, dass mir die keiner nehmen konnte.

Lag es am glücklichen Strahlen meines Gesichts oder an einer Sinneswandlung meines Onkels – jedenfalls sagte er nach dem Abendessen: »Judith, wie wär's mit einer Partie Dame im Salon?«

»Aber ich glaube nicht, dass ich das je gespielt habe«, erwiderte ich.

»Dann bringe ich es dir bei«, sagte er vergnügt und fuhr etwas scherzhafter fort: »Ich gehe mal davon aus, dass es auch eine Zeit gegeben hat, als du noch keine Lieder kanntest, aber irgendjemand hat dir die ja auch beigebracht.«

Und so saß ich, während Mrs. Hastings sich am Fenster Kühlung zufächelte, bei meinem Onkel und lernte die Spielregeln, und es dauerte nicht lange, bis ich eine Dame bekam und dann noch eine, so dass ich zwei Damen auf dem Brett hatte.

»Aha!«, rief mein Onkel. »Für ein Mädchen, das noch nie Dame gespielt hat, Judith, treibst du mich ganz schön in die Enge.«

Charles saß drüben auf dem Sofa und sah eine Weile lang zu. Dann fragte er: »Haben wir also die Kunst der Unterhaltung aufgegeben zugunsten des Damespiels?«

»Ich werde mich mit Euch unterhalten«, sagte Mrs. Hastings liebenswürdig. »Sagt mir, Charles, wie würdet Ihr eine Person heilen, die schlafwandelt?«

Mir gefiel überhaupt nicht, welche Wendung das Gespräch nahm. Ich blickte mit gerunzelter Stirne auf das Brett vor mir und zog einen Stein nach links.

»Die schlafwandelt?«, fragte Charles. »Und was macht diese Person, wenn sie im Schlafe wandelt?«

»Das werden wir sicher am Ende erfahren, wette ich, aber vorläufig ist sie erst die Treppe heruntergekommen und hat eine Melodie auf dem Klavier gespielt«, sagte Mrs. Hastings.

Ich erkannte an ihrem Ton, dass es nur liebevoller Spott von ihr war, aber ich musste mich doch wundern, dass sie dieses Thema Charles gegenüber angeschlagen hatte. Es musste sie noch sehr beschäftigen. Sie wollte sich vermutlich jedes Mal, wenn das Thema zur Sprache kam, davon überzeugen, dass ich die Klavierspielerin gewesen war. Vielleicht hatte sie ja insgeheim den Verdacht, dass das Gespenst von Jade Green herumspukte. Vielleicht wollte sie aus reinem Aberglauben diesem Verdacht keinen Raum geben, damit er nicht dadurch zur Wirklichkeit wurde?

Charles jedoch blickte nur einmal kurz in meine Richtung und sagte: »Nun, Mrs. Hastings, vielleicht besteht die Lösung darin, die Übeltäterin einzuschließen. Sonst könnte sie ja die Treppe hinabstürzen und sich das Genick brechen. Sie könnte zum Ofen gehen und das Haus in Brand stecken. Schickt sie jeden Abend um neun Uhr auf ihr Zimmer, verschließt die Tür und verwahrt den Schlüssel in Eurem Nachtgewand bis sieben am nächsten Morgen.«

Die Bosheit in seinen Worten entging Mrs. Hastings nicht, denn sie entgegnete schnell: »Oh, das ist eine zu drastische Lösung, Charles.« Und sie lachte, als wäre alles nur ein Scherz.

Onkel Geoffrey sagte: »Du passt nicht auf, Judith.« Und ich sah, dass ich einen Stein so gezogen hatte, dass mein Onkel über drei von den meinen springen und sie alle wegnehmen konnte.

Bei der Arbeit am nächsten Tag sagte ich zu Violet: »Was weißt du über meinen Vetter Charles? Du hast dein ganzes Leben hier in Whispers verbracht. Was sagt man über ihn in der Stadt?«

Violet rollte mit den Augen in Richtung Helene, und ich verstand, dass auch dies ein Thema war, über das man im Geschäft nicht reden durfte. Als wir dann über Mittag wieder unser Essen draußen auf der Bank einnahmen und uns eine kleine Schachtel Beeren teilten, sagte sie: »Wenn du die Wahrheit über deinen Vetter Charles hören willst, musst du die Damen fragen.«

»Welche Damen?«, fragte ich und sah mich um.

Violet lachte. »Du würdest sie jetzt nicht zu sehen bekommen, meine Liebe, denn sie stehen nicht vor sechs Uhr abends auf. Die Damen der Nacht, über die spreche ich.«

Ich schnappte nach Luft: »Du meinst …?«

Sie grinste und nickte. »*Das* sind die Art Damen, mit denen dein Cousin ausgeht. Warum, glaubst du, hält er sich ein Zimmer in der Stadt? Weil sein Vater ihn sofort rausschmeißen würde, wenn er jemals *diese* Sorte Frauen mit nach Hause brächte.«

»Und jedermann weiß das?«

»Fast jedermann. Aber man kann nichts dagegen tun, oder? Ich meine, er ist ein Mann von vierzig Jahren, und er kann tun und lassen, was er will.«

Ich wünschte fast, ich hätte Violets Bemerkungen nicht gehört, aber ich hatte nach Tratsch verlangt, und Tratsch hatte ich bekommen. Es nahm mich allerdings nicht gerade für meinen Cousin ein. Im Gegenteil, am Abendbrottisch empfand ich ihm gegenüber großen Abscheu, was er sicherlich auch von seinem Stuhl am Ende des Tisches aus bemerken konnte.

»Und was hat unser Waisenkind angestellt, dass es heute Abend so still ist?«, fragte er mit geheuchelter Freundlichkeit. »Ist sie auf den Felsen herumgeklettert, verfolgt von ihrem hechelnden Verehrer? Hat sie ihren nackten Fuß sein Bein rauf und runter streichen lassen? Hat sie in den Wellen gelegen, dass ihre Kleider …«

»Charles, das reicht!«, dröhnte sein Vater plötzlich. »Hör auf damit! Ich dulde diese Art von Bemerkungen nicht an meinem Tisch.«

Alle drei hörten wir auf zu essen. Wir hatten Onkel Geoffrey noch nie so wütend gesehen. Sein Gesicht war purpurrot. »Wenn du Vorwürfe zu machen hast, dann mache sie offen, aber bei Gott, sie sollten besser von der Art sein, dass sie unsere Aufmerksamkeit verdienen. Judith ist hier keine Gefangene. Sie darf ihre Freunde haben und ihre Freiheit, und wenn ich das sagen darf, Sir, du solltest der Letzte sein, der den guten Ruf eines Menschen in Frage stellt.«

Ich erwartete daraufhin wahrhaftig eine laute und lange Auseinandersetzung. Mrs. Hastings jedenfalls erhob sich rasch und erklärte, dass sie sich um irgendetwas in der Küche kümmern müsste. Aber erstaunlicherweise entschuldigte sich Charles.

»Was nur als Scherz gemeint war, ist viel zu ernst genommen worden, und ich nehme meine bisherigen Bemerkungen zurück«, sagte er.

Ich blickte meinem Vetter rasch ins Gesicht, konnte aber in seinen Augen nicht lesen, ob er das ehrlich oder sarkastisch meinte. Seine Entschuldigung besänftigte jedoch meinen Onkel, so dass der Rest der Mahlzeit erträglich verlief. Als später der Apfelkuchen serviert wurde, aßen wir jeder ein Stück und machten der Köchin viele Komplimente.

Charles verabschiedete sich kurz nach dem Essen.

»Mrs. Hastings«, sagte ich, »es ist ein warmer Abend und Ihr seid noch vom Kochen erhitzt. Geht doch zusammen mit Onkel Geoffrey hinaus in den Garten und lasst mich die Küche in Ordnung bringen! Ich bestehe darauf.«

Sie fächelte sich noch Kühlung zu und offenbar fand sie Gefallen an meinem Angebot.

»Geht!«, sagte ich noch einmal. »Der gelbe Rosenstock ganz hinten beim Tor ist in voller Blüte und Ihr solltet das nicht verpassen.«

»Dann will ich gehen!«, antwortete Mrs. Hastings und erhob sich von ihrem Stuhl.

»Die gelbe Rose?«, erkundigte sich mein Onkel. »Die ist mir von allen Blumen die liebste.«

So gingen sie also. Ich krempelte die Ärmel hoch und machte mich daran, die Töpfe und Pfannen abzuwaschen, das Besteck zu spülen und die übrig gebliebenen Kartoffeln und Zwiebeln nach unten in den Gemüsekeller zu bringen.

Ich kam gerade wieder hoch, als ich in der Küche ein Geräusch vernahm. Es war ein vertrautes Geräusch, als ob Mrs. Hastings zurückgekehrt wäre und noch einmal von vorne anfinge, das Abendessen zuzubereiten.

Charles?, dachte ich. War er zurückgekommen und kramte in der Küche herum?

Ich kam zur obersten Stufe, blieb stehen und horchte.

Hack, hack, hack ertönte das Geräusch.

»Mrs. Hastings?«, rief ich.

Das Geräusch hörte für einen Augenblick auf.

Ich betrat die Küche und sah mich um. Durch das Fenster konnte ich sehen, wie Mrs. Hastings und Onkel Geoffrey den Garten genossen. Ich blickte nach rechts, darauf wartend, dass das Geräusch wieder einsetzte, und dann nach links. *Hack, hack, hack*. Ich wirbelte herum, da die Laute aus einer hinteren Ecke zu kommen schienen.

Dort befand sich auf dem Hackblock ein Hackmesser; regelmäßig und rhythmisch zuschlagend traf es auf den Block. Und gehalten wurde das Messer von der Gespensterhand.

VIERZEHN

Ich schlich mich langsam aus der Küche und in den Wintergarten. Meine Schritte fielen, wie es schien, mit dem *Hack, hack, hack* des Hackmessers zusammen. Ich wusste nicht, ob ich nach meinem Onkel rufen oder aus dem Haus laufen sollte, und war selbst erstaunt, dass ich nicht schrie. Stattdessen stand ich da und wartete darauf, dass das Hackgeräusch aufhörte.

Das tat es endlich auch, genauso wie das Klavierspiel angefangen und dann aufgehört hatte, und als ich schließlich in die Küche lugte, war die Hand verschwunden und das Hackmesser lag dort, wo Mrs. Hastings es liegen gelassen hatte. Auf dem Hackblock waren jedoch neue, frische Kerben, und die Tiefe dieser Schnitte zeugte von der Kraft, die in der Hand lag.

Was hatte das zu bedeuten? Sollte ich bis zum Ende meiner Tage so weiterleben, ohne zu wissen, wo sich die abgetrennte Hand das nächste Mal zeigen oder was sie tun würde? Wenn sie ein Hackmesser halten und es mit solcher Kraft herabsausen lassen konnte, waren wir alle da noch sicher?

Merkwürdigerweise wuchsen in mir bei aller Angst, die ich vor der Erscheinung hatte, eine Wut und eine Entschlossenheit, diese unberechenbare Hand zu bannen und in ihr Grab zurückzubringen. Wenn ich es war, die das Gespenst aufgeweckt hatte, indem ich den grünen Bilderrahmen meiner Mutter ins Haus gebracht hatte, dann sollte ich dafür sorgen, dass es auch wieder verschwand. Und das beschloss ich zu tun.

Mein Onkel und Mrs. Hastings empfanden offenbar die Abendluft als sehr angenehm, denn sie blieben eine ganze Weile draußen im Garten, betrachteten erst die eine, dann eine andere Blume, während ich die Küche sauber machte. Ich arbeitete verbissen, schrubbte, fegte, seifte ein und spülte ab. Dabei gingen meine Gedanken alle durcheinander, und ich wusste nicht, ob meine wilde Tätigkeit eher auf meine Wut oder auf meine Angst zurückzuführen war. Trotzdem sagte ich, als ich schließlich hinausging: »Onkel Geoffrey, ich fürchte, wir haben möglicherweise Ratten, und ich würde gerne ein paar Fallen aufstellen.«

»Ratten?«, rief Mrs. Hastings. »Sicher nicht!«

»Ich habe einige Anzeichen entdeckt«, sagte ich. »Kot und Löcher, groß wie Tennisbälle, im Kartoffelkeller. Wenn ich Fallen bekomme, weiß ich genau, wo ich sie aufstellen muss, denn wenn es Ratten im Keller gibt, dann müssen sie auch woanders im Hause sein.«

»Wenn wir Ratten haben, machen wir kurzen Prozess mit ihnen«, sagte mein Onkel. »Ich werde Zeke bitten, uns morgen Fallen zu bringen.«

Ich wundere mich, dass ich in dieser Nacht überhaupt zum Schlafen kam. Wenn Jade Green ihre eigene Hand mit einem Hackmesser abgehauen hatte, was könnte sie mir dann alles antun? War sie mir dafür, dass ich sie wieder ins Haus gelassen hatte, wohl gesonnen, oder nahm sie mir das übel? Zeitweilig war meine Antwort: Wenn sie die Absicht hatte, mir etwas anzutun, dann hätte sie es gut und gerne schon tun können. Aber dann überlegte ich mir, dass sie vielleicht vorher mit mir spielen, mich sogar in den Wahnsinn treiben wollte. Aber warum? Warum hatte sie diese Welt auf so schreckliche Weise verlassen und mit welchen Absichten war sie zurückgekehrt?

Am folgenden Tag wurden die Rattenfallen geliefert. Und einen Tag später wartete Zeke mit Pferd und Wagen vor Helenes Hutgeschäft auf mich. Ich kletterte hoch zu ihm und sagte: »Ich würde gerne den Friedhof besuchen, Zeke. Ich möchte mir das Grab von Jade Green anschauen.«

»Das ist aber eine morbide Idee für einen so schönen Tag«, sagte er.

»Ich will nur sehen, wo sie begraben ist«, sagte ich.

Als Vorwand für eine Spazierfahrt reichte das vollkommen aus, dachte sich Zeke wahrscheinlich, denn er wendete das Pferd in die betreffende Richtung, und wir fuhren los. Als wir jedoch durch den Eingang zum Friedhof kamen, sagte Zeke: »Weißt du, Judith, es gibt Augenblicke, da mache ich mir Sorgen um dich.«

»Warum?«

»Die Art und Weise, wie du über Jade Green nachgrübelst, zum Beispiel.«

Seine Worte beunruhigten mich, weil er mich vielleicht für sonderbar halten könnte. Hatte er etwa Anzeichen für den Irrsinn meiner Mutter an mir entdeckt, etwas, was mir selbst nicht bewusst war? Wie froh war ich, dass ich ihm bislang nichts von meinen Beobachtungen im Hause erzählt hatte.

»Ist das alles, was dir meinetwegen Sorgen macht?«, fragte ich.

»Das … und andere Dinge«, sagte er.

»*Welche* anderen Dinge?«, fragte ich.

»Nun, das Bild, das du mir gegeben hast – von dir mit zehn Jahren.«

»Wenn du es nicht willst, Zeke, dann gib es mir zurück.«

»Du verstehst nicht, was ich sagen will!«, betonte er. »Du warst durcheinander an dem Abend – wie ein verzweifelter Mensch, der die Pest loswerden will. Was ist es, das du mir verheimlichst, Judith? Hinter der Geschichte steckt doch mehr, da bin ich sicher.«

Was er sagte, war alles wahr, aber ich wollte, dass Zeke nur das Beste von mir dachte. Daher sagte ich ihm, es sei eine Belastung, in einem Haus zu leben, in dem sich einst ein Mädchen das Leben genommen hatte, und dass ich vielleicht, wenn ich ihr Grab gesehen hätte, die Angelegenheit beiseite legen und Jade Green vergessen könnte. Zeke hielt dies wohl für eine vernünftige Erklärung. Ich fragte mich, was er von mir denken würde, wenn er wüsste, dass ich beabsichtigte, eine abgetrennte Hand zu fangen und sie hier auf dem Grab zu beerdigen, wo sie hingehörte.

Der Himmel war an diesem Vormittag grau gewesen und war es jetzt immer noch; Wolken türmten sich über uns wie Schaum in einem Waschkessel. Eine Weile fuhren wir schweigend weiter, dann sagte Zeke: »Mein Vater hat deinen Vetter gestern Abend im *Krug* gesehen. Die Art, wie Charles geredet hat – man könnte direkt meinen, er wollte die Leute glauben machen, dass dein Onkel senil wird.«

»Warum um Himmels willen sollte er so reden?«, rief ich aus. »Der Onkel ist doch bei völlig klarem Verstand, und mir ist noch nie aufgefallen, dass er auch nur die kleinste Einzelheit vergessen hätte. Er hält jede Verabredung ein, kommt immer rechtzeitig und kümmert sich um seine Verpflichtungen besser als die meisten von uns.«

»Das hat ihm auch mein Vater geantwortet. Wenn Geoffrey Sparrow senil würde, bestünde keine Hoffnung für den Rest von uns, denn er ist pünktlich wie die Uhr und sein Verstand ist messerscharf.«

Ich war ratlos, warum Charles solch eine Lüge verbreiten sollte. »Mit welcher Absicht würde jemand die Unwahrheit über seinen eigenen Vater erzählen?«, fragte ich.

»Das habe ich auch *meinen* Vater gefragt«, sagte Zeke. »Er hat mir erklärt, sollte dein Onkel irgendwann in der Zukunft vom Gericht für geschäftsunfähig erklärt werden, dann würde Charles sein Vermögen erben, da er sein einziger lebender Erbe ist. Mit Ausnahme von dir natürlich.«

»Von mir? Ich bin doch nur seine Nichte«, erwiderte ich.

»Aber trotzdem eine Erbin. Es hängt alles davon ab, was dein Onkel in seinem Testament verfügt hat. Aber unabhängig davon, was im Testament steht – wenn dein Cousin das Gericht überzeugen könnte, dass dein Onkel nicht bei Verstand war, als er seinen letzten Willen abfasste, dann könnte das Testament für ungültig erklärt werden und Charles würde sehr davon profitieren.«

Dieses Gespräch gefiel mir nicht, denn der Gedanke, dass mein Onkel sterben könnte, machte mich traurig. Sollte das eintreten, war ich überzeugt, würde mich mein Cousin ohne einen Penny in der Tasche aus dem Hause jagen.

Ich überlegte mir, dass ich besser jeden Cent sparen sollte für den Tag, an dem dies passierte. Ich hatte Mrs. Hastings' Rat befolgt und ihr den größten Teil meines Lohnes übergeben, und sie bewahrte das Geld, so sagte sie mir, sicher in ihrem Zimmer auf. Wenn es eine bestimmte Summe erreicht hätte, wollte sie es meinem Onkel geben, damit er es ordentlich für mich anlegte. Manchmal fragte ich mich, ob es klug war, meine Einkünfte jemand anderem anzuvertrauen. Aber ich kannte keine bessere Lösung, denn ich wollte mit meinen bescheidenen Einnahmen nicht gleich zu Onkel Geoffrey gehen und ihn damit belästigen.

Wir näherten uns nun dem Friedhof, und das Pferd schien überrascht, als Zeke an den Zügeln zog und es zum Eingang und auf den gewundenen Pfad zwischen den Grabsteinen lenkte. Es hob den Kopf und wieherte leise, aber Zeke sagte: »Alles in Ordnung, Dusty. Ein kleiner Abstecher, und wir sind wieder auf unserem Weg.«

Ich wunderte mich, dass Zeke wusste, wo Jade Green begraben war, aber zunächst konnte er die Stelle nicht gleich finden. Er verwechselte eine grüne Erhebung mit der nächsten, bis er schließlich sagte: »Hier ist es, ich erinnere mich nun. Sie wurde bei der Eiche hier beerdigt und da ist auch ihr Grabstein.«

Er lenkte Pferd und Wagen an den Rand des Weges, und ich saß eine Weile da, unsicher, ob ich zum Grabe hingehen sollte oder nicht. Aber schließlich fasste ich mir ein Herz, stieg mit Zeke ab und ging langsam hinüber. Unkraut überwucherte bereits den Stein, auf dem geschrieben stand:

JADE GREEN
7. APRIL 1869 – 22. FEBRUAR 1884

SO KURZ DAS LEBEN
IN DIESEM LAND
WIR BEWEINEN DEN TOD
VON EIGENER HAND

Ich kniete nieder und schob den Efeu beiseite, der sich um den Grabstein wand, um mir die Inschrift näher anzusehen. Da fiel mir auf, dass jemand oder etwas einen Strich durch die letzte Zeile des Verses gekratzt hatte.

FÜNFZEHN

An den folgenden Tagen stellte ich überall im Hause Rattenfallen auf: hinter den Möbeln, unter den Vorhängen, unter den Betten. Alle paar Tage wechselte ich die Stellen, aber immer platzierte ich wenigstens eine Falle im Kartoffelkeller. Die Hand allerdings fing ich niemals, und mir dämmerte allmählich, wie töricht ich gewesen war. Eine Hand, die geschickt genug war, ein Hackmesser zu halten, die begabt genug war, um Klavier zu spielen, wäre nicht so dumm, ihre Finger in eine Rattenfalle zu stecken.

Nach zwei Wochen sagte ich Mrs. Hastings, dass ich zwar keine Ratten gefangen hätte, dass sie aber anscheinend aus dem Hause vertrieben wären, denn ich sähe keine Anzeichen mehr für ihre Anwesenheit. Sie war natürlich sehr erleichtert. Wenn doch nur die Hand genauso einfach verschwinden würde, dachte ich bei mir.

Im Gegensatz zu dem Durcheinander in meinem eigenen Herzen hatte sich Onkel Geoffrey angewöhnt, immer mehr zu lächeln, und manchmal kam er sogar nachmittags nach Hause und pfiff leise vor sich hin. Seine Miene am Abendbrottisch war viel freundlicher und fröhlicher, als sie früher gewesen war, und kaum hatte er Platz genommen, fing er auch schon an zu überlegen, wie wir die Zeit nach dem Essen verbringen könnten.

»Ich denke«, sagte er eines Abends, »wir sollten nachher alle einen Spaziergang zum Meer machen, Mrs. Hastings. Ihr müsst feste Schuhe anziehen und Judith kann die Weinflasche in einem Korb mitbringen. Wir werden uns auf eine Bank setzen und uns ein wenig in der Abendbrise abkühlen, während wir den Sonnenuntergang beobachten.«

»Mit mir brauchst du nicht zu rechnen, Vater«, antwortete Charles. »Wenn ich zum Strand will, werde ich reiten, wie es Brauch ist. Ich bin kein gemeiner Arbeiter, der nicht einmal ein Pferd besitzt.«

»Pferd oder nicht, es ist ein idealer Abend zum Spazieren«, sagte mein Onkel. Also gingen wir ohne meinen Cousin und genossen es sehr.

Manchmal, wenn wir unseren Salat im Garten einnahmen, schlug Onkel Geoffrey vor, dass ich an diesem Abend Klavier spielen und dass Mrs. Hastings die Lieder für mich auswählen sollte. Ein anderes Mal hatte er Lust, die Melodien selbst zu bestimmen. Oder wir spielten Dame auf der großen vorderen Veranda, bis die Dunkelheit uns ins Haus trieb. Dann zündeten wir drinnen die Gaslampen an und führten unser Spiel fort.

An manchen Abenden spazierten wir zu dritt durch den Garten, und einmal brachte ich meinen Onkel sogar dazu, zwischen den Hecken Versteck zu spielen. Mrs. Hastings amüsierte sich so über den Anblick meines Onkels, wenn er sich duckte, in dem Labyrinth herumsprang und aufschrie, wenn er mich entdeckte oder ich ihn, dass sie lachend auf eine Bank fiel und wir uns bald, ganz außer Atem, zu ihr gesellten.

Als wir eines Abends aus dem Garten hereinkamen, legte mein Onkel einen Arm um meine Schulter und den anderen um unsere Köchin und sagte: »Ich bin sehr lange nicht mehr so glücklich gewesen. Du hast wirklich Leben in dieses Haus gebracht, Judith, und Ihr, Mrs. Hastings, habt dafür gesorgt, dass es ein Zuhause geblieben ist. Ich werde euch nicht vergessen, das verspreche ich.«

Mrs. Hastings schnalzte mit der Zunge. Ich für mein Teil tat mein Bestes, ihn zu überzeugen, dass das Vergnügen ganz auf unserer Seite war und dass wir uns genauso amüsierten wie er. Aber als er noch einmal sagte, er werde uns nicht vergessen, fragte ich ihn, ob er weggehen wolle.

Da lachte er. »Nein, meine Liebe, aber wenn meine Zeit gekommen ist, diese Erde zu verlassen, wird für dich und Mrs. Hastings gut gesorgt sein, das versichere ich euch.«

Wir sagten ihm daraufhin, dass wir uns solche Reden nicht länger anhören wollten, dass es zu schrecklich sei, sich das Sparrow-Haus ohne ihn vorzustellen. Und so war es auch, denn ich wusste, wenn mein Onkel gegangen wäre, würde Charles über Nacht wieder einziehen, um hier zu leben, wie es ihm passte.

Je glücklicher wir schienen, desto schweigsamer wurde allerdings Charles. Bei Tische saß er da und sagte kaum etwas, außer dass er um Wein bat oder eine Bemerkung über die Soße machte. Ich vermied seinen Blick so weit wie möglich, denn in seinen Augen lag keinerlei Freundlichkeit für mich und kaum mehr für Mrs. Hastings. Wenn er mir einmal seine Aufmerksamkeit schenkte, dann betrachtete er mich vor allem als Frau, und das bereitete mir wirklich großes Unbehagen.

Gewöhnlich kam er spät, so dass er nur auf seinen Stuhl zu rutschen und zu essen anzufangen brauchte, und er ging wieder früh und nahm an unseren Damespielen oder dem Singen nach den Mahlzeiten keinen Anteil. Ehrlich gesagt, waren wir nie betrübt, wenn er ging, und Onkel Geoffrey zog es vor, das Thema Charles nicht zur Sprache zu bringen. Und so verbrachten wir die Abende, ohne ihn überhaupt nur zu erwähnen.

Ich hatte das Gefühl, ich könnte mich an dieses Leben gewöhnen und dabei einigermaßen glücklich sein, wenn ich Vetter Charles gelegentlich beim Frühstück und nur gerade für das Abendessen sah. Er arbeitete nun halbtags und führte einem Zahnarzt in Whispers die Bücher. Nachmittags, hieß es, ging er zur Rennbahn, wo er alles verwettete, was er am Vormittag verdient hatte.

Zeke wartete weiterhin von Zeit zu Zeit am Hutgeschäft auf mich und brachte mich auf einem Umweg durch den Park nach Hause. Wären nicht Zeke gewesen und unsere Fahrten und unsere gelegentlichen Ausflüge in die Bucht, hätte ich mich jetzt ganz elend gefühlt, denn die heiße und schwüle Luft von Whispers behagte mir gar nicht. Schweiß rann mir den Rücken hinab, ein höchst unangenehmes Gefühl, und das Oberteil meines Kleides war oft durchnässt und musste häufig gewaschen werden.

Aber Mrs. Hastings war freundlich und mein Onkel liebevoll, und meine Arbeit im Hutgeschäft, wo Violet mich immer mit dem neuesten Tratsch versorgte, machte mir Spaß.

»Es heißt, dein Cousin war letzte Nacht in der Stadt betrunken«, flüsterte sie mir eines Morgens zu. »Ich habe gehört, er hat vor dem *Krug* gestanden und geflucht, weil sie ihm kein Bier mehr verkaufen wollten.« Und dann fügte sie hinzu: »Es ist nicht deine Schuld, ich hätte es nicht erwähnen sollen. Dein Onkel ist einer der anständigsten Leute in Whispers, und es ist ein Jammer, dass er so einen Sohn hat.«

»Jede Familie hat ihre Probleme«, sagte ich zu Violet, »und Charles ist nun mal das unsrige.« Aber in meinem Herzen – Gott vergebe mir – wünschte ich, dass ihn eines Nachts in seinem trunkenen Zustand eine Kutsche überfahren oder dass er stürzen und sich das Genick brechen würde. Ich hielt den Atem an und schämte mich über solche Gedanken, aber vor mir selbst konnte ich sie nicht verbergen.

Dennoch, es gab weit mehr als Charles, was mich beunruhigte. Ich wusste, wenn ich nur Jade Green aus dem

Hause vertreiben könnte, wäre ich hier in Whispers viel glücklicher. Die Gespensterhand ließ sich jedoch nicht fangen und ich konnte ihre Pläne und Ziele nicht erraten. Immerhin hatte ich sie ein paar Wochen lang nicht gesehen und begann schon zu hoffen, dass die Hand an den Tagen, als wir die Tür offen gelassen hatten, irgendwie den Weg nach draußen gefunden haben könnte und vielleicht ins Grab zurückgekehrt wäre.

Eines Abends jedoch gingen Onkel Geoffrey und Mrs. Hastings, nachdem ein älterer Einwohner von Whispers gestorben war, zu dessen Totenwache. Der Zweck ihrer Abwesenheit ließ unser eigenes Haus noch finsterer wirken. Ich beschäftigte mich, so gut ich konnte. Ich war allein im Salon und nähte einen Knopf an, der von meinem Nachthemd abgerissen war, als ich plötzlich wieder Klavierspiel hörte.

Meine Finger unterbrachen ihre Näharbeit und mein Herz begann zu rasen. Zentimeterweise hob ich den Kopf, bis ich das Klavier im Blickfeld hatte. Da war die Hand und übte auf den Tasten.

Tuh ruh de nai, tuh ruh de nuh …

Ich konnte diese Qual nicht länger ertragen.

»Nicht!«, schrie ich, ließ meine Näharbeit auf den Boden fallen und sprang auf.

Die Hand hörte auf zu spielen und wandte sich mir zu.

»Hau ab!«, kreischte ich. »Verschwinde aus diesem Haus! Du gehörst nicht hierher! Geh!«

Während ich mich langsam durch den Raum bewegte,

drehte sich die Hand auf den Tasten, als ob sie jeden meiner Schritte beobachtete.

Ich suchte nach etwas, was ich packen konnte, und bewegte mich langsam zur Haustür, die von einem Ziegelstein offen gehalten wurde, damit die Abendbrise hereinkommen konnte. Ohne meine Augen von der Hand zu lassen, kniete ich langsam nieder und hob den Stein auf. Und dann, als die Hand aufgehört hatte zu spielen und an dem Bein des Klaviers hinabzuklettern begann – wobei sie wie ein Dschungeltier, das auf einen Baum klettert, mit den Fingern das Holz packte –, schleuderte ich den Ziegelstein nach ihr. Ich traf die Gespensterhand mit solcher Wucht, dass eine Kante des Steins eine tiefe Kerbe in das Bein des Klaviers grub.

»Möge das dein Ende sein!«, schrie ich, als die Hand auf den Boden fiel.

Aber ich riss die Augen noch weiter auf, als die Hand, die jetzt ganz platt und zunächst leblos war, sich wieder zu regen begann. Erst richteten sich der Daumen und der Zeigefinger auf, hoben die Handfläche mit sich hoch und begannen dann langsam über den Boden zu kriechen. Der kleinste Finger jedoch war von dem Ziegelstein beinahe abgetrennt worden und wurde nun bewegungslos hinter den anderen hergezogen. Unter meinen entsetzten Blicken humpelte die Hand zur Küche. Dort hielt sie an und drehte sich steif zu mir um, als ob sie mich streng anblicken wollte. Dann verschwand sie schnell in den Schatten.

Sechzehn

Mir war vor Entsetzen ganz übel. Nun hatte ich es nicht nur mit dem Zorn meines Vetters Charles zu tun, sondern auch mit der Wut dieser gespenstischen Finger.

Ich rannte auf mein Zimmer und warf die Tür hinter mir zu. Allerdings wusste ich sehr gut, dass keine Tür, kein Schloss Jade Green fern halten konnten. Ich hatte übereilt gehandelt, ohne mir viel Gedanken über die Folgen zu machen, und nun würde mein Leben hier in Whispers darunter zu leiden haben. Was sollte ich nur tun?

In dieser Nacht würde ich keinen Schlaf finden, noch würde ich wagen, meine Kerze auszublasen. Als ich Onkel Geoffrey und Mrs. Hastings zurückkommen hörte, ging ich hinunter und sagte ihnen, ich würde früh zu Bett gehen. Mrs. Hastings jedoch starrte auf das Bein des Klaviers.

»Was ist denn das?«, fragte sie, bückte sich und tastete über die Schramme, die ich gemacht hatte.

»Ich … ich habe mit dem Ziegelstein von der Haustür geworfen«, sagte ich. »Es tut mir furchtbar Leid. Die Tür war offen und eine Ratte ist hereingekommen und durch den Salon gelaufen. Ich fürchte, ich habe den Kopf verloren, ich wollte sie umbringen, aber ich habe nur das Klavier beschädigt.«

Es war unmöglich zu erkennen, ob sie mir glaubte oder nicht, die Geschichte klang so lahm. Mein Gesicht brannte wegen der Lüge, die ich erzählt hatte.

»Nun«, sagte sie unglücklich, »am besten gehst du ins Bett. Vielleicht kann ich den Kratzer mit Möbelpolitur überdecken.«

Ich folgte ihrem Vorschlag, aber ich konnte meine Augen nicht schließen. Ich setzte mich aufrecht in die Kissen und suchte mit Blicken den Raum ab.

Jedes Knarren einer Diele, jeder Seufzer des Windes, jedes Klicken, Kratzen oder Scheppern, sogar das Schaben eines Zweiges gegen mein Fenster – alles versetzte mich in eine derartige Panik, dass ich das Gefühl hatte, wenn ich nicht schon verrückt wäre, dann würde ich es bald werden. Als der Morgen anbrach, konnte ich mich kaum aus dem Bett erheben.

Ich wollte jedoch Fragen vermeiden und zog mein hellstes Kleid an, legte mein heiterstes Lächeln auf und kam an den Frühstückstisch so liebenswürdig, wie ich nur konnte, konzentrierte mich auf meinen Tee und mein Brötchen und ignorierte Charles, der anscheinend immer bemerkte, wenn ich durcheinander war.

»Also, Waisenkind, ist das heute Morgen nun ein falsches Lächeln, das auf deine Lippen gekleistert ist, oder ein richtiges?«, fragte er.

»Man sollte akzeptieren, dass ein Lächeln ein Lächeln ist, und nicht versuchen, es zu etwas anderem zu machen«, antwortete ich und fuhr fort in meiner Verstellung.

»Aber sind das nicht dunkle Ringe, die ich da unter deinen Augen sehe?«, fragte er weiter. »Du hast wohl nicht so gut geschlafen, nehme ich an?«

Hatte er irgendetwas mit der Hand zu tun?, fragte ich mich. Hatten sie sich zusammengetan, um mich zu vernichten?

»Ich fühle mich sehr wohl, kann ich Euch versichern«, sagte ich, ohne seine Frage direkt zu beantworten. Dann fügte ich zu Mrs. Hastings gewandt hinzu: »Ich denke, ich werde meinen Tee im Garten trinken, wenn Ihr gestattet.«

»Natürlich«, sagte sie. »Ich habe das Gefühl, dass es morgen regnen könnte. Also genieße die frische Luft, solange du kannst.«

Ich nahm meine Tasse zum Tisch draußen, aber zu meinem Ärger folgte mir mein Cousin und setzte sich mir direkt gegenüber, so dass es höchst schwierig war, meine Tasse zum Munde zu führen, ohne ihm in die Augen zu blicken.

»Also, was hat Violet mit der spitzen Zunge dieser Tage über mich zu sagen, frage ich mich«, fing er an. »Und Helene.«

»Warum fragt Ihr sie nicht selbst?«

»Weil ihre Geschichten schon in dein Gesicht geschrieben stehen und es mir Spaß macht, zwischen den Zeilen zu lesen.« Er lächelte die Art von Lächeln, die ich nicht mochte.

»Ich nehme an, Ihr wisst bereits, was über Euch geredet

wird«, entgegnete ich. »Ihr braucht nur Euer eigenes Betragen zu betrachten, Charles, um die Antwort zu kennen.«

»Mein eigenes Betragen?« Er lachte herzhaft. »Dass ich ein Mann bin, der sein Glas Bier genießt? Der Frauen zu schätzen weiß? Der sich von einer guten Wette oder einem schnellen Pferd herausgefordert fühlt? Ist so eine Person nicht in jedem Sinne ein Mann und würdest du mich dafür etwa weniger mögen?«

»Ein Mann, Sir, ist nach meiner Meinung maßvoll beim Trinken, wählerisch bei den Frauen und riskiert sein Geld nicht am Spieltisch«, sagte ich.

»Ach so! Dann hältst du dich am besten an deinen armen Zeke Carey mit seinen simplen Vergnügungen. Du wirst heranwachsen und diesen simplen Mann heiraten und eine langweilige Frau werden und simple Kinder haben.«

»Meine Angelegenheiten gehen Euch nichts an«, sagte ich kurz und knapp.

»Und meine wiederum dich nichts!«, sagte er freundlicher. »Ich möchte also kein weiteres abfälliges Stirnerunzeln von dir, Judith. Was ich in meinem Privatleben tue, ist vollkommen meine eigene Sache, stimmt's?«

Es war etwas dran an dem, was er sagte, und ich dachte mir, wenn ich mein Verhalten ihm gegenüber änderte, vielleicht würde er sich dann auch mir gegenüber anders verhalten. Und so holte ich tief Luft, streckte meine Hand über den Tisch aus und sagte: »Ja, Cousin, ich stimme

Euch zu. Wenn auf meinem Gesicht tatsächlich ein missbilligendes Stirnrunzeln zu sehen sein sollte, dann werde ich das von jetzt an unterlassen, und ich werde mich nicht in Eure Angelegenheiten einmischen, wenn Ihr Euch nicht in meine einmischt.«

»Abgemacht!«, sagte er. »Solange du mir erlaubst, mich ab und zu nach deinem Befinden zu erkundigen und meine Hilfe anzubieten für den Fall, dass du mich auf irgendeine Weise brauchen solltest.«

»Das wäre sehr liebenswürdig von Euch«, sagte ich. Aber als ich versuchte, meine Hand zurückzuziehen, ließ er das nicht zu, sondern hielt mein Handgelenk fest und ließ einen Finger sanft über meine Handfläche und meinen Arm hinaufgleiten. Dabei blickte er mich lüstern an und versuchte in meinen Ärmel einzudringen. Ich riss mich mit solcher Gewalt von ihm los, dass ich meine Teetasse umwarf. Charles lachte nur, als ich zurück ins Haus lief.

Den ganzen Tag über beschäftigte mich diese Episode. Violet jedoch plapperte ununterbrochen über einen neuen Verehrer, den sie hatte, und wie sie sich bei Mondschein zum Strand davongeschlichen und zur Nachtzeit schwimmen gegangen waren.

Ich riss die Augen weit auf, als ich ihr zuhörte, und lachte mit ihr über ihre Impulsivität. »Aber wie sollten denn deine Kleider trocknen, wenn keine Sonne schien?«, fragte ich. »Wie hast du deiner Mutter erklärt, als du nach Hause gekommen bist, dass deine Kleidung ganz voller Salzwasser war?«

Diesmal funkelten ihre Augen richtig, und sie lehnte sich so weit zu mir vor, dass ihre Lippen mein Ohr berührten. »Wir hatten keine Kleider an«, erklärte sie mir. »Wir sind splitterfasernackt geschwommen.«

Ich schnappte nach Luft und wurde ganz rot bei dieser schockierenden Information, aber ich musste auch lachen.

»Violet!«, sagte ich und schaute mich um, damit wir nicht belauscht werden konnten. »Bestimmt nicht!«

Sie nickte und fuhr immer noch grinsend mit ihrer Näharbeit fort.

»Aber … aber wie könnt ihr verhindern, dass ihr euch berührt, wenn ihr zusammen im Wasser seid und die Wellen angerollt kommen?«

Wieder lehnte sie sich zu mir herüber. »Wir wollen das gar nicht verhindern«, sagte sie.

Unverzüglich beugte ich mich tief über meine Arbeit, mein Gesicht hochrot ob dieses neuen Wissens. Ich versuchte mir auszumalen, wie Zeke und ich ebenso vertraut miteinander wären. Ich konnte mir das nur zu lebhaft vorstellen und für den Rest des Tages war ich wie in Trance.

Jung zu sein war eine höchst wunderbare und aufregende Sache, stellte ich fest, denn niemand kann wissen, was vor einem liegt, und es gibt viele Erfahrungen zu machen. Der gleiche Gedanke rief mir Jade Greens Bild ins Gedächtnis, wie es für einen Augenblick im Seidenrahmen meiner Mutter aufgetaucht war, so voller Leben und Abenteuerlust. Sie war aus der Gosse gerettet und in das Haus meines Onkels aufgenommen worden und hatte, wie ich annahm, jede Möglichkeit erhalten, etwas aus sich zu machen. Wie konnte sie nur ein so junges Leben beenden? Das fragte ich mich, wie ich es mich schon so oft zuvor gefragt hatte.

»Violet«, flüsterte ich, als ich an diesem Nachmittag eine Gelegenheit dazu fand. »Woher wussten sie, dass Jade sich selber umgebracht hatte? Woher wussten sie, dass sie nicht ermordet wurde?«

»Es war vollkommen klar«, erwiderte sie, »und für alle offensichtlich, dass sie das geplant hatte. Denn es war Winter, als es geschah, und Jade hatte sich einen dicken Pullover angezogen und sich auf dem Speicher versteckt. Man hat sie auf der Treppe gefunden, tot von dem Blutverlust, die abgetrennte Hand neben ihr und in der anderen Hand das Hackmesser.«

Ich schloss die Augen, schluckte und dachte an das *hack, hack* des Hackmessers in der Küche und später den Anblick des teilweise abgetrennten Fingers, der hinter den anderen herschleifte. Den ganzen Nachmittag über dachte ich an die Umstände von Jade Greens Tod, und während ich mit Zeke im Wagen nach Hause fuhr, hatte ich sie immer noch im Sinn.

Als ich sie ihm gegenüber erwähnte, meinte er jedoch: »Es ist zugegebenermaßen eine merkwürdige Art zu sterben, aber musst du dich so viel damit beschäftigen, Judith? Kannst du deinem Leben nicht ein wenig Freude gönnen?«

Natürlich hatte er Recht.

»Was soll ich denn deiner Meinung nach tun?«, wehrte ich ab. Und dann fuhr ich spontan fort: »Soll ich etwa splitterfasernackt im Meer schwimmen?« Ich wurde plötzlich hochrot im Gesicht, weil ich solche Worte in seinem Beisein ausgesprochen hatte.

Zeke wandte sich mir so überrascht zu, dass ich über sein Gesicht lachen musste. Er kicherte während der ganzen Heimfahrt und grinste noch, als ich vom Wagen sprang und ins Haus rannte.

Beim Abendessen schien Onkel Geoffrey dieses Mal besonders ernst, und unmittelbar bevor Mrs. Hastings den Kuchen und die Beeren hereinholte, sagte er: »Charles, wenn du nach dem Essen keine dringenden Geschäfte hast, wäre es mir lieb, wenn du eine Weile bleiben könntest, da ich etwas zu besprechen habe, während wir noch bei Tische sind.«

»Betrifft es mich allein, Vater, und ist dafür ein Publikum nötig?«, fragte Charles.

»Es betrifft alle in diesem Raum Anwesenden«, sagte Onkel Geoffrey. »Wenn du also so gut wärest, Sir, und eine kleine Weile bleiben wolltest …«

Ich wünschte, er hätte dies erst angekündigt, nachdem wir den Kuchen verzehrt hatten, denn ich war so beunruhigt darüber, was er sagen könnte, dass ich meinen Nachtisch kaum genießen konnte.

Als der Kuchen gegessen und Tee für die Damen und Kognak für die Herren gebracht worden war, lehnte sich Onkel Geoffrey in seinem Stuhl zurück und sagte mit einer Hand in der Westentasche: »Ich verlasse die Stadt für zwei Tage, um in Geschäften nach Charleston zu fahren. Es ist Zeit, dass ich meine finanzielle Situation durchgehe, mein Testament auf den neuesten Stand bringe und mich um ein paar andere Dinge kümmere.

Was ich jedoch in Anwesenheit von euch dreien sagen wollte, ist dies: Ich werde meine Anwälte anweisen, mein Vermögen für den Fall meines Todes folgendermaßen aufzuteilen: Das Haus soll an Euch gehen, Mrs. Hastings, die Ihr es all die Jahre so treu besorgt habt, unter der Bedingung, dass Judith hier bleiben und es ihr Zuhause nennen darf, so lange sie will.« Charles schnappte nach Luft, aber sein Vater fuhr fort: »Der Rest meines Besitzes – mein Land, mein Barvermögen und meine Aktien und Wertpapiere – soll in drei Teile geteilt werden, ein Zehntel für Euch, Mrs. Hastings, und die übrigen neunzig Prozent sollen zu gleichen Teilen an Judith und Charles gehen.«

Ein Stuhl scharrte über den Boden, als Charles sich mit wutverzerrtem Gesicht erhob. Sein Anblick flößte mir große Angst ein. Mrs. Hastings war weiß wie Mehl.

»Das ist eine Ungeheuerlichkeit, Vater, und eine Beleidigung deines rechtmäßigen Erben«, sagte er und drehte sich so ruckartig um, dass sein Stuhl nach hinten umkippte und zu Boden krachte. Er schritt zur Tür und verließ das Haus.

Siebzehn

So erfuhr ich also, dass ich für den Rest meines Lebens versorgt sein würde und dass ich einen Todfeind hatte – und all das innerhalb weniger Minuten. Die Ankündigung meines Onkels hatte sowohl Mrs. Hastings wie auch mir solche Freude und Erleichterung bereitet, dass wir nur ein ums andere Mal »Oh, Sir!« und »Oh, Onkel!« ausrufen konnten. Aber nach dem plötzlichen und wütenden Abgang meines Cousins verstummten wir rasch und starrten hinter ihm her, ohne zu wissen, was wir tun sollten.

»Macht euch keine Sorgen wegen Charles«, sagte Onkel Geoffrey. »Er wird für den Rest seines Lebens über genügend Geld verfügen können, obwohl er es nicht verdient. Aber mich wird der Gedanke beruhigen, dass auch für euch beide gesorgt ist.«

»Ihr seid überaus großzügig und gütig!«, betonte Mrs. Hastings, und auch ich sagte, dass dies viel mehr sei, als ich je von ihm erwartet hätte.

Onkel Geoffrey aber klatschte nur in die Hände und sagte, wir sollten nicht weiter darüber reden. Er hätte gerne noch ein Stück von Mrs. Hastings' Kuchen, und dann wäre ihm am liebsten, wenn wir zu dritt noch einmal zum

Strand spazieren und dort eine Weile sitzen könnten, denn der Herbst nahte und es wären nicht mehr viele von diesen warmen Abenden zu erwarten. Und so machten wir drei uns auf den Weg und genossen die Brise vom Ozean, die über unsere Gesichter spielte, während wir das Ansteigen und das Brechen der Wellen beobachteten.

Eine Gruppe junger Männer, darunter Zeke, kam auf ihren Einrädern auf dem Plankenweg angefahren, und als Zeke mich sah, gab er eine wundervolle Vorstellung mit Wendungen und Drehungen, Rückwärtsläufen und Pirouetten, so dass wir begeistert klatschten. Daraufhin kamen die fünf anderen Jungen zurück und fuhren in einer Linie vor uns auf, als wären sie auf einer Bühne. Mein Onkel musste so lachen, dass schon allein sein Anblick den Spaziergang vom Hause hierher gelohnt hatte.

»Zeke Carey, nimm dich in Acht, oder ein Zirkus nimmt dich noch mit!«, rief Mrs. Hastings. »Ich wette, du kannst besser mit deinem Einrad umgehen als mit Pferd und Wagen deines Vaters.«

»Aber Mrs. Hastings, bisher hat sich noch niemand über meine Dienste beklagt«, erwiderte ihr Zeke. »Und wenn Ihr Euch beschwert, dann werde ich zum Zirkus davonlaufen und Judith mit mir nehmen, das schwöre ich.«

Darauf mussten Onkel Geoffrey und Mrs. Hastings wieder lachen. Mir gefiel, dass Zeke so vor den anderen Jungen redete. Trotzdem wurde ich rot; Zeke aber warf mir eine Kusshand zu und fuhr davon. Ich musste an das erste Mal denken, als wir zur Bucht gegangen waren und wie er meine Lippen geküsst hatte, als wir die Decke zusammenfalteten.

Am nächsten Morgen packte Onkel Geoffrey seinen Koffer, als ich mich gerade fertig machte, um zu Helenes Hutgeschäft zu gehen. Charles war nicht zum Frühstück gekommen. Ich fragte mich sogar, ob wir ihn jemals wieder sehen würden, so wütend war er gewesen, als er am Abend davor den Tisch verlassen hatte.

»Auf Wiedersehen, Onkel«, sagte ich. »In zwei Tagen werdet Ihr also wieder zurück sein. Ich wünsche Euch eine sichere Reise.«

Der Himmel gefiel mir gar nicht, als ich mich in die Stadt begab. Die Wolken sahen unfreundlich aus und erinnerten mich an den Tag, als ich zum ersten Mal nach Whispers gekommen war. Aber ich sagte mir, dass das Wetter nicht immer schön sein könne – in Ohio genauso wenig wie in den Carolinas –, und so arbeitete ich frohen Mutes im Hutgeschäft. Ich arrangierte eine Auswahl von neuen Herbsthüten im Fenster, damit die Damen sie bewundern konnten.

Beim Mittagessen tauschte ich mit Violet Geheimnisse aus. Als ich ihr erzählte, wie Zeke gesagt hatte, er würde mit mir zum Zirkus durchbrennen, meinte sie:

»Mrs. Hastings sollte lieber aufpassen, dass er nicht mit dir wegläuft, um dich zu heiraten. Ich habe nämlich gesehen, wie er dich anschaut, wenn er draußen im Wagen wartet.«

»Ach, Unsinn!«, sagte ich. Aber im Herzen wusste ich, was sie meinte.

Als ich an diesem Nachmittag nach Hause kam, war Onkel Geoffrey abgereist und Mrs. Hastings arbeitete hart im Gemüsekeller, um Platz zu schaffen für Kartoffeln, Zwiebeln und Rüben, die wir für die kalte Jahreszeit einlagern wollten. Es machte mir nichts aus, in diesem Keller zu arbeiten, denn an einem heißen Tag war es der kühlste Raum im ganzen Hause. Ich mochte auch den feuchten Geruch nach Erde, ging gerne auf dem Stroh herum und zählte die Äpfel und Kartoffeln, die noch in den Tonnen übrig waren.

Mrs. Hastings stieg gerade mit einer Schürze voll Kartoffeln die kurze Treppe zur Küche hinauf, und ich war knapp hinter ihr, als sie plötzlich aufschrie und ihre Schürze losließ. Kartoffeln regneten auf mich herab und ich streckte die Arme aus für den Fall, dass die Köchin herabstürzen würde.

»Mrs. Hastings, was ist los?«, rief ich und stolperte neben ihr die Treppe hoch.

Aber die arme Frau konnte nicht sprechen – ihr Gesicht war kalkweiß. Sie packte meinen Arm, schrie wieder und deutete nach oben – und da kam die Gespensterhand über den Küchenboden und zog den halb abgetrennten Finger wie einen Schwanz hinter sich her.

Ich langte nach vorn, packte den Griff der Tür und zog sie mit einem Knall zu. Das nützte natürlich nichts, denn die Hand hätte sich leicht so flach wie die Handfläche machen und unter der Tür hindurchschieben können. Aber ich wusste nicht, was ich sonst tun sollte, um die Köchin zu beruhigen, denn ich fürchtete, sie könnte, wenn ich gar nichts unternahm, einen Herzschlag bekommen.

Ich half ihr die Stufen hinab und auf die alte Schusterbank, auf der wir oft saßen, wenn wir Äpfel sortierten. Ihre Augen waren jedoch weit aufgerissen, und sie konnte nicht sprechen, sondern klammerte sich nur zitternd an meinen Arm.

Schließlich sagte Mrs. Hastings: »Sie ist es also. Der Geist von Jade Green.«

»Ihr habt sie schon einmal gesehen?«, fragte ich. »Die Hand?«

»Um Himmels willen, Kind, nein! Aber was könnte es denn sonst sein? Ach je, nach ihrem Tod haben wir solche Schreie und Jammerlaute aus dem Raum gehört, in dem sie gestorben ist, es konnte einem das Herz brechen und eiskalt den Rücken runterlaufen, versichere ich dir. Aber nachdem wir einmal alles aus dem Haus entfernt hatten, was ihr lieb und teuer gewesen war, hörten diese Geräusche auf, und wir glaubten fest, dass wir Jade Green endgültig los wären.«

Von der Tür des Kartoffelkellers kam ein schabendes, kratzendes Geräusch und wieder schrie Mrs. Hastings auf und drückte sich mit den Händen vor dem Gesicht gegen die Wand.

Im flackernden Licht der Kerze wartete ich auf ein erstes Anzeichen dafür, dass sich die schmalen, weißen Finger durch den Spalt unter der Tür hindurchschoben, aber sie zeigten sich nicht. Stattdessen hörte es sich so an, als ob die Hand an der Wand und am Türrahmen hochkletterte. Und dann … ein Laut, der mir den Atem nahm: das metallene *Klick* des Riegels, mit dem die Tür von außen verschlossen wurde.

Achtzehn

Gott helfe uns!«, rief Mrs. Hastings verzweifelt, und auch ich fing an zu glauben, dass es schließlich um uns geschehen sei: Wie zwei Ratten in einem Loch saßen wir in der Falle. Ich zitterte so heftig, dass die gute Frau ihre eigene Angst vergaß und mich zu trösten versuchte.

»Jemand wird uns schon finden«, sagte sie. »Jemand wird kommen, und wenn wir zwei Tage hier warten müssen, bis dein Onkel zurückkehrt … es wird uns sicher schlecht ergehen, aber wir werden nicht daran sterben.«

Mein Zittern legte sich jedoch nicht, denn in Wirklichkeit hatte es weniger mit Angst als mit Schuldgefühlen zu tun. Die kleine Flamme der Kerze mühte sich, in dem heißen schmelzenden Wachs weiterzubrennen, doch schließlich wurde sie blau und ging aus. Da saßen wir allein im Dunkeln, und ich wusste, wenn ich je das Geheimnis meiner Schuld mitteilen wollte, dann musste ich es bald tun.

»Mrs. Hastings«, weinte ich, »ich muss Euch um Vergebung bitten. Euch und auch meinen Onkel.«

»Warum denn, Kind, wofür um alles in der Welt? Was könntest du denn schon getan haben, dass du jetzt so etwas sagen musst?«

Da ich weiterweinte, legte sie ihre Arme um mich und

schuckelte mich wie ein kleines Kind. Meine Tränen benetzten ihre Bluse.

»Es ist alles meine Schuld«, schluchzte ich. »Die Hand … das Gespenst … alles, was in letzter Zeit passiert ist, alles ist nur meinetwegen geschehen.«

Allmählich hörte sie auf, mich zu wiegen, und hielt mich still an sich gedrückt. Ich spürte, wie sich ihre große Brust weitete, als sie tief Luft holte und schließlich sagte: »Du hast etwas Grünes in dieses Haus gebracht …«

»Ja«, sagte ich und rückte ein wenig von ihr ab. Im Schutze der Dunkelheit beichtete ich mein Vergehen.

»Ich hatte nicht gedacht, dass das Bild meiner Mutter in dem grünen Seidenrahmen jemandem schaden könnte«, endete ich und fing wieder an zu weinen. »Meine Absicht war, es nie aus dem großen Koffer zu nehmen, so dass mein Onkel es sehen und sich aufregen könnte.«

Wiederum fühlte ich, wie die gute Frau seufzte, als sie mir den Rücken tätschelte. »Ich glaube, ich habe gewusst, dass wir Jade Green nicht für immer fern halten könnten«, sagte sie. »Irgendwann musste jemand die Farbe Grün wieder ins Haus bringen, oder wir würden etwas finden, das das arme Kind zurückgelassen hat. Trotzdem wünschte ich, du hättest die Anordnungen deines Onkels befolgt. Wie viel einfacher wäre doch alles gewesen. Aber ich weiß auch nicht, ob ich es an deiner Stelle über mich gebracht hätte, einen Bilderrahmen zurückzulassen, den mir meine Mutter gegeben hat. Jetzt müssen wir uns damit abfinden, so gut es geht.«

In dem Moment hörten wir Schritte. Warum wir nicht beide laut um Hilfe riefen, weiß ich nicht. Aber es waren nicht die Schritte meines Onkels. Sie hörten sich tatsächlich so merkwürdig, so verstohlen an, dass wir beide den Atem anhielten und mit erhobenem Kopf auf das Geräusch lauschten.

Sie kamen von der Hintertür: zögernde, leise Schritte, und dann das Knarren der Tür, als sie geöffnet wurde.

Es herrschte völlige Stille, und Mrs. Hastings wollte schon rufen, als ich ihren Arm ergriff – ich weiß auch nicht, warum.

Drei weitere Schritte waren zu hören, dann eine Pause, noch einmal drei …

»Sie sind also ausgegangen?«, hörten wir Charles murmeln. »Umso besser für mich.«

Mrs. Hastings sog heftig die Luft ein.

Es gab weitere leise Schritte, jedes Mal nur ein paar, wie von einer Person, die sich vorsichtig in einem Raum bewegt. Dann knarrten die Stufen zum Obergeschoss.

Ich malte mir aus, wie die Hand ihm folgte, neben ihm auf dem Geländer, ihm ein Zeichen wieder nach unten gab, ihn zur Tür in den Kartoffelkeller lockte, wo wir in der Falle saßen.

Nach einer Weile verstummte jedoch jedes Geräusch. Wir wussten nicht, ob Charles oben oder unten, ob er noch im Hause oder draußen war. Mrs. Hastings begann vor Angst leise zu weinen. »Er hat nichts Gutes vor, darauf kannst du wetten«, wimmerte sie.

»Schhhh«, flüsterte ich ihr ins Ohr. »Wir müssen still sein. Wenn er sieht, dass die Tür zum Kartoffelkeller verschlossen ist, wird er nicht ahnen, dass wir hier sind.«

Es dauerte vielleicht zwanzig Minuten, bevor wir Charles' Schritte wieder auf der Treppe hörten. Er schien einen langsamen Rundgang durch die unteren Räume zu machen. Wir konnten hören, wie er Türen öffnete, um zu sehen, ob wir im Arbeitszimmer des Onkels waren, draußen im Wintergarten, im Salon ... Die Schritte kehrten in die Küche zurück und hielten vor der Kellertür an.

»Anscheinend zu einem Spaziergang ausgegangen«, murmelte er. »Nun, wenn sie zurückkommen, wird es eine Überraschung für sie geben ...« Wir hörten, wie die Hintertür geöffnet wurde, und eine Minute später rollte seine Kutsche davon.

Hatte die Hand gewusst, dass er kommen würde?, fragte ich mich. Hatte das Gespenst von Jade Green uns mit Absicht eingeschlossen, damit Charles nicht ahnen konnte, dass wir uns hier unten im Keller aufhielten? Sollte die Hand am Ende gar nicht unser Feind, sondern nur das traurige Gespenst eines Mädchens sein, dessen Leben so unerträglich geworden war, dass es beschlossen hatte, es zu beenden?

Aber gerade als Mrs. Hastings und ich erleichtert aufseufzten, weil Charles weg war, verwandelte sich der Seufzer in ein Keuchen und das Keuchen in einen scharfen Schrei. Denn im gleichen Augenblick rochen wir beide Rauch.

Neunzehn

Ich schrie. Mrs. Hastings jedoch hatte angefangen zu beten. Dann brach sie mitten in ihrem Gebet ab und fing an zu weinen. Ihre Stimme zitterte und wurde ganz hoch.

»Es gibt hier kein Fenster, mein Kind, durch das wir hinauskriechen könnten, kein Wasser, um unsere Kleider nass zu machen. Wenn der Rauch uns nicht umbringt, dann der Fußboden über uns, wenn er Feuer fängt und auf unsere Köpfe herabgestürzt kommt. O mein Gott!«

Der Rauch wurde noch stärker und bald von einem knisternden Geräusch begleitet. Zusammen schrien und riefen wir, und es dauerte nicht lang, bis Mrs. Hastings ohnmächtig wurde und auf dem Boden zusammensackte, weniger vom Rauch als vor Entsetzen.

Im gleichen Augenblick hörte ich Rufe von draußen – dann weitere Schreie. Laufen, Schritte, die im Eingang polterten, die aufgeregte Stimme des alten Gärtners, und dann Zeke, der rief: »Judith! Judith!«

»Hier!«, kreischte ich. »Im Kartoffelkeller! Beeilt euch doch!«

Es gab wieder das *Klick* des metallenen Riegels, dann fiel Tageslicht in unser Verlies und ich sah die rauchgefüllte Küche voller Flammen. Das Nächste, was ich wahrnahm, war ein Eimer voll Wasser, das die Nachbarn auf das Feuer schütteten und mich dabei völlig einweichten. Mrs. Hastings trugen sie durch die brennende Küche hinaus auf den Rasen und ich folgte dicht hinter ihr.

»Das Feuer ist jetzt aus«, rief ein Mann.

»War also ein Küchenfeuer«, rief ein anderer.

»Ihr habt eine geschwärzte Wand und Decke, Miss, aber darüber hinaus ist nicht viel Schaden angerichtet worden«, sagte ein Dritter.

Die Nachbarsfrauen holten Mrs. Hastings mit Riechsalz wieder ins Bewusstsein zurück. Als sie jedoch die Augen öffnete und den Schaden sah, den das Feuer angerichtet hatte, fiel sie erneut in Ohnmacht. Aber innerhalb einer Stunde hatten die Nachbarn den Ruß abgeschrubbt und den verbrannten Stuck hinausgekarrt.

»Wie konnte das passieren?«, fragten sie.

»Was habt ihr gekocht?«

»Wo waren die Männer?«

»Es ist alles ein großes Durcheinander«, erklärte ich ihnen.

Schließlich gingen alle anderen fort außer Zeke. Ich wusste, dass ich seinen Fragen nicht würde ausweichen können, denn er war es, der die Kellertür aufgeschlossen hatte.

Ich machte eine Brühe und etwas gebutterten Toast für Mrs. Hastings und brachte sie nach oben ins Bett, nachdem Zeke versprochen hatte, die ganze Nacht über Wache zu halten. Erst als ich das Nachthemd für sie holte, entdeckten wir, dass ihre Kommode durchsucht, die Schubladen geöffnet und ihr Inhalt auf dem Boden verstreut worden waren. Erst jetzt merkten wir auch, dass ihre jüngsten Ersparnisse verschwunden waren und meine zusammen mit ihnen.

»Ach, Kind!«, rief sie aus. »Das hat Charles getan, so sicher, wie ich atme.« Dann weinte sie ein wenig. Als wir uns jedoch klarmachten, dass wir zwar unser Geld verloren, aber unser Leben gerettet hatten, durchströmte uns das Gefühl, dass wir trotz allem Glück gehabt hatten.

Ich schloss die Tür zu Mrs. Hastings' Zimmer, ging wieder nach unten und setzte mich im Salon zu Zeke aufs Sofa. Ich erzählte ihm von dem Geld, das verschwunden war. »Judith«, sagte er, »da gibt es doch noch mehr, was du mir nicht erzählst. Wer hat euch im Kartoffelkeller eingesperrt? War das Charles?«

»Vielleicht hat Charles das Feuer gelegt, aber er war es nicht, der die Tür verriegelt hat«, sagte ich.

»Wer war es dann?«

»Das kann ich dir nicht sagen, Zeke, denn du würdest mir nie glauben, und ich würde als Verrückte eingesperrt werden. Die Antwort auf diese Frage muss ich für mich behalten.«

Ganz sanft nahm er meine Hand. »Wenn du die Antwort für dich behältst, dann wird sie zwischen uns stehen. Du *musst* es mir sagen. War es dein Onkel?«

»Onkel Geoffrey? Niemals. Er ist nach Charleston gefahren.«

»Und es war auch nicht Charles. Der Gärtner?«

»Nein, der nicht.«

»Wer ist dann noch übrig?«

»Ich trau mich nicht, es zu sagen.«

Zeke blickte mir tief in die Augen. »Ich gebe dir mein feierliches Versprechen, dass du nicht eingesperrt wirst, wie wenig ich dir auch glauben mag.«

»Aber es ist eine unglaubliche Geschichte, Zeke.«

»Dann schieß los«, sagte er und legte mir einen Arm um die Schultern.

Und so, an ihn geschmiegt und im Schutze seines Armes, begann ich zu erzählen – von dem Bild meiner Mutter, dem grünen Seidenrahmen, dem kratzenden, nagenden Geräusch im Wandschrank und von der Hand … der Gespensterhand … am Klavier, mit dem Hackmesser, dem abgetrennten Finger …

»Das bildest du dir nur ein! Es kann gar nicht anders sein!«, darauf bestand Zeke.

Und genauso nachdrücklich erklärte ich, dass ich mir das nicht eingebildet hatte – obwohl ich es selbst kaum glauben konnte.

Nachdem meine Geschichte zu Ende war, herrschte ein so langes Schweigen, dass ich schon befürchtete, er wäre darüber eingeschlafen.

Als ich ihm jedoch in die Augen blickte, sah ich, wie besorgt er war.

»Wenigstens bist du jetzt in Sicherheit«, sagte er.

»Aber du glaubst mir nicht.«

»Ich glaube, dass du denkst, du hast das gesehen, wovon du sprichst.«

»Aber eigentlich glaubst du, ich habe es in Wirklichkeit gar nicht gesehen!«, erwiderte ich.

»Es ist zu ungewöhnlich, um es glauben zu können!«

»Bin ich also verrückt?«

»Nein. Durcheinander vielleicht.«

»Aber wir waren im Kartoffelkeller eingesperrt, Zeke. Du hast das selbst gesehen. Mit Sicherheit haben wir uns nicht selber eingesperrt.«

»Vielleicht ist Charles doch derjenige, der es getan hat«, meinte er.

Und dann nahm er meine Hände und sagte: »Ich werde es niemandem erzählen, Judith, denn es ist mir wirklich egal. Verrückt oder nicht, du bist die Einzige, die ich liebe.«

Er nahm mich in die Arme, und ich lag an seiner Brust, seine Rippen gegen meine, Brust an Brust, und wir küssten uns, so dass mein ganzer Körper kribbelte und glühte.

Aber als ich mich umdrehte, sah ich auf der anderen Seite des Raumes eine leichte Bewegung. Ich schaute hoch und erblickte die Hand von Jade Green, die oben über das Klavier wanderte.

Ich schnappte nach Luft und deutete auf sie. Zeke setzte sich auf und starrte ebenfalls auf die Hand.

Sie wanderte am Rande der Notenablage entlang und hinunter zu den Tasten. Und dann begannen die Finger, während sie den kleinen immer noch hinterherschleppten, ihren langsamen Tanz:

Tuh ruh de nai, tuh ruh de nuh,
Tuh ruh de nai, tuh ruh de nuh …

ZWANZIG

Als Onkel Geoffrey zurückkam, erklärte er, dass Charles nicht länger in seinem Hause willkommen wäre. Bevor er sich nicht entschuldigt und alles in Ordnung gebracht hätte, sollte er genau genommen überhaupt nicht mehr ins Haus gelassen werden. Onkel Geoffrey sagte, nachdem er seinen Besitz testamentarisch in drei Teile aufgeteilt habe, wäre er, wenn nötig, auch bereit, noch einmal nach Charleston zu fahren, um lediglich zwei Personen als Erben einzusetzen.

Aber solche Reden machten Mrs. Hastings und mir nur noch mehr Angst und wir hatten sowieso schon genügend Sorgen. Wenn Charles ganz aus dem Testament ausgeschlossen wurde, was würde er dann nicht alles tun?

Die Frage, die ich in meinem Herzen nicht beantworten konnte, lautete: Von wem war das Feuer gelegt worden? Hatte uns Jade Green im Kartoffelkeller eingeschlossen, um uns vor Charles zu schützen oder um uns einem Feuer auszuliefern? Hätte der Gärtner nicht die Flammen entdeckt und Zeke die Tür aufgeschlossen, wäre dann die Hand zurückgekommen, um uns herauszulassen? Die Köchin und ich waren übereingekommen, meinem Onkel nichts von der Hand zu sagen und ihn dadurch noch mehr zu beunruhigen. So machte ich mir einen Augenblick lang Sorgen wegen der Hand, den nächsten Augenblick verlor ich mich in Tagträumen von Zeke und seiner warmen Umarmung und im nächsten sorgte ich mich um Charles' Rückkehr, ob er etwa am Abend wiederkommen und hinter einer verschlossenen Tür auf mich lauern würde.

Ein Gerücht verbreitete sich, dass Charles uns im Kartoffelkeller eingeschlossen und das Haus in Brand gesteckt hätte. Das fügte seinem schon ramponierten Ruf weiteren Schaden zu. Dazu kam noch, dass Helene berichtete, er habe eines Nachmittags betrunken versucht, sie zu umarmen, als sie ihm auf der Straße begegnete.

Es brach mir das Herz, den Kummer mitanzusehen, den dies meinem Onkel bereitete; aber als er davon sprach, nach Charleston zu reisen, um den Namen seines Sohnes ganz aus dem Testament zu entfernen, riet ich ihm davon ab. Ich erinnerte ihn daran, dass schon mancher verlorene Sohn um eine Erfahrung reicher nach Hause zurückgekehrt sei.

Nachdem die Arbeiter gekommen und wieder gegangen waren und die Küche im Sparrow-Haus wieder in Ordnung war, versuchten wir drei – der Onkel, Mrs. Hastings und ich – zu einem normalen Leben zurückzufinden, so normal, wie ein Leben nur sein kann mit Jade Green in der Nähe. Der Herbst war gekommen, und ich verbrachte meine Tage im Hutgeschäft damit, den Damen bei der Auswahl ihrer Herbsthüte behilflich zu sein. An den

Abenden musizierte ich für meinen Onkel auf dem Klavier, spielte Dame mit ihm oder las Mrs. Hastings vor, während sie im Salon mit ihrer Stickarbeit beschäftigt war. Und wenn ich konnte, traf ich Zeke am Ende des Gartens, oder wir küssten uns auf dem Wagen während der Heimfahrt. Er bewahrte jedoch Stillschweigen, was die Hand anbetraf, wenn er auch ernsthafter wirkte, als ich ihn je gesehen hatte.

»Ich kann es nicht erklären«, sagte er, »aber ich weiß, was wir gesehen haben. Du hast dir nichts eingebildet, Judith. Ich habe mich geirrt.«

Mrs. Hastings jedoch war offenbar verstört. Ich wusste, was ihr durch den Kopf ging, wenn die Brise plötzlich einen Vorhang zur Seite wehte oder ein Stück Papier von einem Stuhl über den Boden rutschte. Bei der kleinsten Bewegung irgendwo im Raume drehte sie sich hastig um, und mir fiel auf, dass sie sehr darauf achtete, wohin sie ihre Füße setzte. Vor Onkel Geoffrey jedoch hielten wir unsere Ängste verborgen, denn ihn bedrückte schon der Gedanke an Charles, und das war schlimm genug.

Etwa vierzehn Tage nach dem Brand stand mein Onkel nach dem Abendessen am Fenster und betrachtete den Himmel. »Es ist Hurrikan-Wetter«, sagte er zu mir, »und die Fischer behaupten, es ist ein Hurrikan-Himmel.«

Ich hatte noch nie einen Hurrikan erlebt und nahm seine Worte als Ankündigung eines Abenteuers auf. Mrs.

Hastings jedoch teilte meine Vorfreude nicht. »Ich habe schon mehrere erlebt in all den Jahren und bin nicht erpicht darauf, noch einmal einen durchzumachen«, sagte sie.

In der Stadt wurde viel geredet über den Sturm, der uns bevorstand, falls die Fischer tatsächlich Recht behalten sollten. Aber er schien so weit weg. Die Frauen in Whispers dachten jedenfalls schon an Weihnachten und bestellten ihre Festtagshüte. Ich jedoch ging häufig ans Fenster des Geschäftes und betrachtete den Himmel.

»Ach, ich würde nicht viel darauf geben«, sagte Violet und probierte einen braun-gelben Hut auf, den sie gerade für eine wohlhabende Dame in Charleston gemacht hatte, die alle ihre feinen Hüte von keinem anderen Geschäft als Helenes machen lassen wollte und sie sich mit der Kutsche bringen ließ. »Während der Hurrikan-Saison wird viel davon geredet, aber nur selten trifft uns wirklich einer.«

Als ich mit Zeke in seinem Wagen heimfuhr, hörte ich ihm zu, wie er davon erzählte, dass das Meer in einem Sturm von sechs Meter hohen Wellen aufgewühlt würde. »Das Land weiter oben bekommt am meisten ab«, sagte er. »Besonders Cape Hatteras in Nord Carolina, das ins Meer hinausragt.«

Ich dachte in diesem Augenblick allerdings nicht so sehr ans Meer, sondern an Zekes kraftvollen Rücken und seine runden Schultern, die sich unter seinem Hemd abzeichneten. Ich war überzeugt, wenn ich nur Zeke immer als meinen Beschützer hätte, was könnte mir da schon passieren?

Nachts allerdings brachen meine Ängste wieder durch und ließen mir keine Ruhe. Denn solange Charles außerhalb des Hauses Pläne schmiedete gegen die, die innerhalb des Hauses waren, und solange sich die Gespensterhand wer weiß wo versteckte – wie konnte ich da an zukünftiges Glück denken?

Es gab sogar – Gott vergebe mir – mitten in der finsteren Nacht Augenblicke der Schlaflosigkeit, in denen mein Herz von jeder nur erdenklichen Furcht heimgesucht wurde und ich niemandem mehr traute. War es nicht sogar möglich, überlegte ich in meiner Verwirrung, dass mein Onkel gar nicht nach Charleston gefahren, sondern selber für die Hand verantwortlich war, nur um mir Angst einzujagen und mich in das gleiche Los zu treiben, das meine Mutter ereilt hatte? Oder konnte es nicht sein, dass sich Mrs. Hastings und Charles zusammen verschworen hatten und, obwohl es so aussah, als hätte er unsere Ersparnisse gestohlen, ihre und meine, sie es in Wahrheit nur so aussehen ließen, um später meinen Anteil am Erbe untereinander aufzuteilen? Manchmal schien mir sogar Zeke verdächtig. Was, wenn trotz all seiner Versicherungen *er* für die Hand verantwortlich wäre und er selbst, nachdem Mrs. Hastings und ich in den Gemüsekeller zurückgekehrt waren, die Tür verriegelt hatte?

Natürlich ergab nichts davon viel Sinn, denn warum sollten mein Onkel oder Mrs. Hastings oder Zeke mir übel wollen? Und dann wurde ich von der allerschlimmsten Befürchtung geschüttelt, dass nämlich alles, wovon ich glaubte, es sei geschehen, in Wirklichkeit gar nicht geschehen und dass ich eine Verrückte war, die nur auf Grund der Freundlichkeit der anderen in Whispers leben durfte, beschützt von ihrem Onkel und seiner Köchin.

Am Morgen allerdings, wenn die Herbstsonne durch meine Fenster hereinschien, kamen mir meine Sorgen so unwirklich vor, dass ich dem Tag mit neuer Zuversicht entgegenblickte und mich darauf freute, mit Mrs. Hastings meinen Frühstückstee zu trinken, mittags mit Violet zu plaudern und, wenn ich Glück hatte, mit Zeke nach Hause zu fahren.

Als ich jedoch an diesem besonderen Samstag aufwachte, wehte ein so heftiger Wind, dass alle Fensterläden im Sparrow-Haus klapperten und ratterten.

»Es bläst ganz ordentlich!«, sagte Mrs. Hastings. »Heute wirst du nicht zu Helene gehen, meine Liebe. Sie ist vorbeigekommen, um zu sagen, dass alle Geschäfte heute geschlossen bleiben.«

Auch der Onkel ging nicht zur Arbeit, sondern zog Regenmantel und Gummistiefel an und begab sich die Straße hinunter zum Friseurgeschäft, wo sich die Männer versammelt hatten, um sich über den Weg klar zu werden, den der Sturm nehmen würde. Es wurde allgemein angenommen, dass der Hurrikan uns zwar nahe kommen, aber doch an uns vorbeiziehen würde.

Gegen zwei Uhr drehte sich jedoch plötzlich der Wind, und es wurde klar, dass er direkt auf uns zukam. Ob er den größten Schaden hier oder anderswo anrichten würde, war nicht so entscheidend, denn schon was man mit dem bloßen Auge erkennen konnte, war beängstigend genug.

Onkel Geoffrey kam aus dem Friseurgeschäft zurück und wies uns an, alle Fensterläden zu schließen. Er machte sich Sorgen, weil er keine speziellen Abdeckungen für die bogenförmigen Oberlichter aus buntem Glas hatte anfertigen lassen, die sich über den Fenstern des Salons und über der Haustür befanden. Als Zeke vorbeikam, um zu sehen, ob Hilfe benötigt wurde, schickte der Onkel ihn sofort los, um Bretter zu holen, mit denen man die bunten Fenster sichern konnte.

Mrs. Hastings und ich sollten die wertvollsten zerbrechlichen Gegenstände einpacken. Der Onkel wollte uns ein Stück weit ins Landesinnere zum Bruder von Mrs. Hastings fahren. Als wir aber die Kisten zusammen mit der Köchin und ihrem Koffer in die Kutsche geladen hatten, war kaum noch Platz für den Onkel, geschweige denn für mich.

»Wir lassen ein paar von den Wertgegenständen zurück, Judith«, sagte Onkel Geoffrey. »Wir werden nicht ohne dich fahren.«

»Ich werde mit Zeke nachkommen«, sagte ich ihm, was sowieso meinem Wunsche entsprach. »Ich kann ihm helfen, die Bretter vor die Fenster zu nageln, Onkel. Fahrt nur los und beeilt euch!«

Onkel Geoffrey wollte widersprechen, aber Zeke kam ihm zuvor. »Ich werde dafür sorgen, dass sie innerhalb einer Stunde unterwegs ist«, sagte er. »Mein Wagen ist solide und ich kenne den Weg nach White Hall.«

Als mein Onkel mir trotzdem befahl, seine Kutsche weiter zu entladen, damit ich mitfahren könnte, sagte ich: »Denk an deine Buntglasfenster, Onkel! Es braucht zwei Leute, um sie abzudecken: einen zum Hämmern und einen, der das Brett festhält. Es ist sonst keiner hier, der helfen könnte, jeder kümmert sich darum, dass sein eigenes Haus nicht fortgespült wird.«

»Versprich mir, dass du sie sicher wieder bei mir ablieferst«, sagte mein Onkel und packte Zeke am Arm, der in Wirklichkeit kräftiger war als sein eigener.

»Ihr habt mein Wort«, entgegnete Zeke.

Und so brachen mein Onkel und Mrs. Hastings auf. Das Pferd platschte durch das Wasser, das bereits die Straße hinunterlief. Zeke und ich machten uns an die Arbeit und nagelten die Bretter über das gelbe und purpurrote Glas, das jedes Fenster zur Vorderfront hin schmückte. Der Wind heulte so wild, dass wir kaum unsere eigenen Stimmen hören konnten, und der Regen kam seitwärts angefegt, so dass ich mich nur mit Mühe auf den Beinen halten konnte.

Als wir das letzte Oberlicht zunagelten, rief Zeke: »Ich kann das alleine fertig machen, Judith. Geh und pack deinen Koffer und sieh zu, dass das Haus abgeschlossen ist. Wir müssen weg sein, bevor das Wasser noch höher steigt.«

Ich eilte auf mein Zimmer, holte meinen kleinsten Handkoffer hervor und legte meinen Schal und meine Wäsche, Strümpfe und die Haarbürste hinein. Ich faltete mein bestes Nachthemd mit der Spitzenborte am unteren Rand zusammen; insgeheim träumte ich davon, dass wir meinen Onkel nicht erreichen und ich daher für die Nacht irgendwo mit Zeke landen würde, eingeschlossen in seine starken Arme. Schon der Gedanke ließ mein Herz schneller schlagen.

Auf der Treppe hörte ich Schritte, und ich wollte Zeke mein Nachthemd zeigen, bevor ich es einpackte, damit er sich mich darin vorstellen könnte. Ich hielt es mir vor den Körper, als ich auf den Korridor hinaustrat. Dann jedoch verschluckte ich einen Schrei, als ich meinen Cousin auf mich zukommen sah. Sein Gesicht trug eine so lüsterne Miene, wie ich sie nie zuvor bei ihm gesehen hatte.

Mit einem Aufschrei stürzte ich in mein Zimmer zurück und warf die Tür hinter mir zu. Aber bevor ich den Schlüssel umdrehen konnte, wurde die Tür von außen wieder aufgestoßen, und Charles stand in meinem Zimmer.

»Verschwindet!«, rief ich. An seiner Haltung erkannte ich, dass er betrunken war. Ich blickte ihm in die Augen und stellte fest, dass er nicht so sehr betäubt wirkte, als vielmehr vor Begierde und Wut brannte. Er lachte nur, als ich ihn zum Gehen aufforderte, und begann, zu meinem Entsetzen, sich die Weste aufzuknöpfen.

Ich warf mich über das Bett, um auf die andere Seite zu

kommen, riss die Schublade meines Nachttisches auf und ergriff das Messer, das ich dort versteckt hatte.

Als ich jedoch mit erhobener Waffe vor ihm stand, erregte ihn das anscheinend nur noch mehr, und er lachte hässlich, während er mich mit ausgestreckten Armen wie ein Ringer umkreiste und mir immer näher kam.

»Wenn Ihr mich berührt, Sir, werde ich Euch mit diesem Messer erstechen!«, schleuderte ich ihm entgegen, aber seine Augen funkelten nur angesichts meiner Drohung.

»Genau das hat *sie* auch gesagt, nur dass sie ein Hackmesser hatte«, lachte er.

»Jade Green?«, keuchte ich und musste an das arme Geschöpf denken, das sich auf der Speichertreppe versteckt hatte. Nicht für einen Augenblick ließ ich Charles aus den Augen und hielt das Messer fest in der Hand. Mit der anderen versuchte ich das Fenster hinter mir zu öffnen in der Hoffnung, auf diesem Wege zu entkommen, falls es keinen anderen gab. Aber es ließ sich nur ein wenig hochschieben und klemmte dann fest – der heulende Wind und der Regen kamen durch die Öffnungen in den Läden hereingefegt.

»Was ich von ihr verlangt habe, war nur so wenig«, fuhr Charles fort. »Das Gleiche, worum ich auch dich gebeten habe: einen Kuss. Nur dass du ihn mir nicht geben wolltest, nicht wahr? Nun hole ich mir diesen Kuss, Waisenkind, und außerdem noch mehr.«

»Das wirst du nicht!«, rief ich. »Zeke ist hier! Er wird

gleich kommen!« Ich entfernte mich weiter von ihm, aber als ich merkte, dass ich in eine Ecke zwischen der Wand und dem Bett gedrängt wurde, schrie ich vor Entsetzen.

»Er wird erst die Türen aufbrechen müssen, denn ich habe sie alle abgeschlossen«, sagte Charles. Damit stürzte er auf mich zu, packte mein Handgelenk und drückte mich aufs Bett.

Wieder schrie ich, aber er presste mir eine Hand auf den Mund. Verzweifelt hielt ich das Messer fest, obwohl meine Stärke nicht gegen seine ankam und ich meinen Arm nicht bewegen konnte, um auf ihn einzustechen.

»Sei doch nicht dumm, Waisenkind«, sagte er und sein Whiskey-Atem schlug mir ins Gesicht. »Wenn du mich mit dem Messer verletzt, mache ich das Gleiche mit dir, was ich mit Jade gemacht habe. Du wirst dich mit deiner eigenen Hand erstechen, nur dass meine Hand das Messer zu deinem Herzen lenken wird.«

Damit warf er sich auf mich, nagelte meine Arme aufs Bett und zwang mir das Messer aus den Fingern.

War damit alles vorbei?, fragte ich mich. Wäre ich, bevor Zeke die Tür aufbrechen konnte, vergewaltigt und würde nicht nur meine Ehre, sondern möglicherweise auch mein Leben verlieren?

Plötzlich sah ich sie … die Hand. Flink kletterte sie gerade den Bettpfosten hoch und auf mein Kopfkissen. Charles drückte mich mit einem Knie nieder, während er begann seine Hose zu öffnen. Dann erblickte auch er die Hand und zuckte zusammen.

Er schrie auf und warf sich zurück, als die Hand von meinem Kopfkissen herabsprang und ihn an der Kehle packte. Im gleichen Augenblick glitt ich vom Bett und rannte schreiend aus dem Zimmer, stürzte fast die Treppen hinunter.

Ein Hämmern war an der Haustür zu hören.

»Judith!«, ertönte Zekes Stimme. »Judith!«

Völlig durcheinander öffnete ich die Tür und zog Zeke herein. Ich konnte nur unzusammenhängend sprechen.

Er packte mich an den Schultern. »Was ist los mit dir? Warum hast du die Tür abgeschlossen? Wir müssen sofort los!«

»Zeke … komm!«, rief ich, und während er mir die Treppe hinauffolgte, erzählte ich ihm kurz unter Keuchen und Schluchzen, was vorgefallen war.

In meinem Zimmer lag Charles tot auf dem Boden, ein Hemdzipfel hing ihm aus der aufgeknöpften Hose und das Messer hielt er noch in der Hand. Seine glasigen Augen starrten blicklos zur Zimmerdecke, aber die Würgemale an seinem Hals begannen bereits zu verblassen: Die Gespensterhand gab nichts preis. Die Hand, die gekommen war, um mich zu retten, war nirgendwo zu sehen.

Zeke und ich hielten uns umschlungen, bis unser Zittern nachgelassen hatte. Dann nahm er meinen Handkoffer hoch und mit einem Arm um meine Schulter eilte er mit mir die Treppe hinab.

Wir schlossen die Haustür hinter uns ab und ein Regenguss traf uns ins Gesicht. Jenseits des eisernen Tores hatte sich die Straße schon in einen reißenden Fluss verwandelt. Dusty, das Pferd, wieherte und senkte dann den Kopf gegen den Sturm. Unser Wagen war der letzte, der Whispers verließ.

»Beeil dich!«, sagte Zeke.

Als ich auf den Wagen kletterte und einen letzten Blick zurück auf das Haus warf, fiel mir eine plötzliche Bewegung ins Auge.

Über das Dach des Einganges kam die Hand gekrochen. Die Finger kletterten über die Schieferplatten zum Regenabflussrohr und ließen sich dann langsam daran herab.

Pferd und Wagen setzten sich in Bewegung, und ich konnte die Wärme von Zekes Bein an meinem spüren, aber ich drehte mich auf meinem Sitz zurück, die Augen fest auf die Hand gerichtet. Immer tiefer kam sie herab, dann noch tiefer, bis sie das strudelnde Wasser erreichte. Dann verschwand sie.

Für immer.

Phyllis Reynolds Naylor
Zwanzig Schritte am Abgrund
Roman
Aus dem Amerikanischen von Susanne Härtel
Gulliver Taschenbuch (78318), 144 Seiten *ab 11*

Warum er ausgerechnet so einen wie Gordon zum Bruder haben muss, fragt sich Doug häufig. Denn mit Gordon gibt es immer nur Streit, meist aus heiterem Himmel. Das ist beim Zelten in den Rocky Mountains nicht anders, und eigentlich ist Doug ganz froh, dass Gordon nach dem Riesenkrach seine Sachen packt und ihn alleine lässt. Sonst hätte er den Puma vielleicht nie kennen gelernt. Doch als Gordon auch nach mehreren Tagen nicht zurückkehrt, macht sich Doug auf die Suche nach ihm. Er muss dabei einen gefährlich schmalen Pfad überqueren.

www.beltz.de
Beltz & Gelberg
Beltz Verlag, Postfach 10 01 54, 69441 Weinheim

Philip Pullman
Der Rubin im Rauch
Abenteuer-Roman
Aus dem Englischen von Christa Laufs
Gulliver Taschenbuch (78216), 208 Seiten *ab 12*
Preis der Leseratten des ZDF

London 1872: Die 16-jährige Sally erhält nach dem Tod ihres Vaters einen geheimnisvollen Brief. Bei ihren Nachforschungen stößt sie auf immer mysteriösere Geschehnisse. Sie ahnt nicht, dass sie in der heruntergekommenen und skrupellosen Mrs. Holland, die in der finstersten Hafengegend haust, eine äußerst gefährliche Feindin hat. Sie weiß nur, dass ein kostbarer Rubin eine wichtige Rolle spielt und dass in ihrem immer wiederkehrenden Alptraum die Lösung für alle Rätsel liegt.

»Man wird in eine düstere, geheimnisvolle Atmosphäre versetzt, die etwa an Oliver Twist und David Copperfield erinnert. Eine fast unerträgliche Spannung und Neugier treibt den Leser bis zur letzten Seite.«
Aus der Begründung der Leseratten-Juroren

www.beltz.de
Beltz & Gelberg
Beltz Verlag, Postfach 10 01 54, 69441 Weinheim

»Die wohl lustigste, sorgfältigste, anregendste Kinderzeitschrift auf dem deutschsprachigen Markt.«

Basler Zeitung

Der Bunte Hund

MAGAZIN FÜR KINDER IN DEN BESTEN JAHREN

Unterhaltung fürs ganze Jahr:
Geschichten, Rätsel, Bilder und so weiter von bekannten Autoren und Autorinnen, Künstlerinnen und Künstlern.
Mit Erzählwettbewerb für Kinder.

Erscheint dreimal im Jahr, 64 Seiten, vierfarbig,
€ 6,40 D (Jahresbezug € 15,– D incl. Versand)
In jeder Buchhandlung.

Beltz & Gelberg
Beltz Verlag, Postfach 10 01 54, 69441 Weinheim